ANIMAL FARM

A FAIRY STORY

by

GEORGE ORWELL

ANIMAL FARM

동물농장 오리지널 초판본 표지 디자인

1판 2쇄 펴냄 2023년 12월 20일

지은이	조지 오웰
옮긴이	이수정
해설	박경서
펴낸이	하진석
펴낸곳	코너스톤
주소	서울시 마포구 독막로3길 51
전화	02-518-3919
ISBN	979-11-90669-22-1 03840

차례

동물농장

작품 해설
《동물농장》과 배반당한 혁명

동물농장

1장

그날 밤 '장원농장' 주인인 존스 씨는 잠들기 전에 닭장 문은 잠갔지만 술에 너무 취한 나머지 닭이 드나드는 작은 쪽문 닫는 것을 깜빡 잊고 말았다. 손에 든 램프에서 흘러나오는 동그란 불빛이 걸음걸이에 맞춰 좌우로 춤을 출 정도로 비틀거리며 마당을 가로지른 뒤, 농가 뒷문에 장화를 걷어차듯 벗어 던지고, 부엌에 있는 술통에서 마지막으로 맥주 한 잔을 더 따라 들이키고는 아내가 코를 골며 자고 있는 침대로 향했다.

침실 불이 꺼지자 농장 축사 여기저기에서 일제히 부스럭거리고 푸드덕거리는 소리가 났다. 미들화이트종 돼지로 품평회에 나가 입상한 경력이 있는 메이저 영감이 간밤에 이상한 꿈을 꾸었는데 그 꿈 얘기를 다른 동물들에게 들려주고 싶어 한다는 소문이 낮에 나돌았다. 그래서 동물들은 존스 씨가 깊이 잠들면 곧바로 큰 헛간에서 다 같이 모이기로 약속을 해두었던 것이다. 메이저 영감으로 말할 것 같으면(품평회에 나갔을 때의 공식 명칭은 '윌링던의 자랑'이었지만 평소에는 '메이저 영감'이라 불렸다) 이 농장에서는 대단한 존경을 받고 있어 그가 하는 이야기를 듣기 위해서라면 모든 동물이 한 시간 정도는 기꺼이 잠을 덜 잘 각오가 되어 있었다.

널따란 헛간의 한쪽 끝, 짚 더미를 쌓아 올려 만든 연단 위에는 메이저 영감이 대들보에 매달린 등불 빛을 받으며 일찌감치 편안하게 자리 잡고 앉아 있었다. 올해로 열두 해를 산 메이저 영감은 요즘 들어 다소 살집이 붙긴 했지만 여전히 위엄이 있었고 여태 한 번도 간 적이 없는 날카로운 송곳니를 가졌는데도 현명하고 인자해 보였다. 곧이어 농장 동물들이 꾸역꾸역 모여들어 저마다 편한 자세로 자리에 앉기 시작했다. 가장 먼저 블루벨, 제시, 핀처라는 개 세 마리가 들어왔고 뒤이어 돼지들이 들어와 연단 바로 앞의 짚 더미 위에 자리를 잡았다. 암탉들은 창문틀 위에 걸터앉았고, 비둘기들은 푸드덕거리며 서까래 위에 내려앉았으며, 양과 암소들은 돼지 무리 뒤쪽에 앉아 되새김질을 하기 시작했다. 짐마차를 끄는 말인 복서와 클로버는 혹시 짚에 가려져 있을지도 모르는 작은 동물들을 밟지 않으려고 털로 뒤덮인 커다란 발굽을 조심스레 내려놓으면서 천천히 걸어 들어왔다. 클로버는 이미 중년에 가까운 통통한 암말로 네 번째 망아지를 낳은 뒤로는 좀처럼 예전의 몸매를 되찾지 못하고 있었다. 복서는 열여덟 뼘이나 되는 건장한 체구를 가지고 있으며, 보통 말 두 마리의 힘을 합친 것만큼이나 힘이 세었다. 코 밑에 난 흰 줄무늬 때문에 어쩐지 미련스러워 보이고 실제로도 머리가 아주 좋은 편은 아니지만 심지가 꿋꿋하고 일할 때 어마어마한 힘을 발휘하기 때문에 농장 동물에게 널리 존경받았다. 말의 뒤를 이어 흰 염소 뮤리엘과 당나귀 벤저민이 들어왔다. 벤저민은 농장에서 나이가 가장 많은 데다 성미도 가장 고약스러웠다. 평소엔 과묵하지만 입을 한번 열었다 하면 빈정거리는 말을 내뱉기 일쑤였다. 이를테면 조물주는 파리를 쫓으라고 자신에게 꼬리를 만들어준 것 같은데 애초에 파리도 안 만들고 꼬리도 안 만들었더라면 더 좋았지 않겠느냐는 식이었다. 농장 동물들 중에서 벤저민만 유일하게 지금껏 단 한 번도 웃은 적이 없었다. 왜 웃지 않느냐고 물으면 웃을 만한 일이 없어서라고 시큰둥하게 대답하곤 했다. 그런데 내놓고 인정한 적은 없지만 벤저민은 유독 복서에게만은 헌신적이었다. 일요일이면 그 둘은 과수원 너머에 있는 작은 방목장에서 나란히 풀을 뜯으며 말없이 시간을 보내곤 했다.

복서와 클로버가 막 자리를 잡고 엎드리자 어미를 잃은 새끼 오리 떼가 줄지어 헛간으로 들어오더니 다른 동물들에게 밟히지 않을 만한 자리를 찾아 가냘프게 삐악거리며 이리 저리 헤매고 다녔다. 이를 본 클로버가 큼직한 앞다리로 새끼 오리들 주위에 간이 울타리를 만들어주자 가엾은 새끼 오리들은 그 안에 옹기종기 모여 앉더니 곧 새근새근 잠이 들었다. 마지막 순간에 존스 씨의 경마차를 끄는 예쁘장하지만 멍청하기 짝이 없는 하얀 암말 몰리가 각설탕을 우물거리면서 우아한 척 고상을 떨며 사뿐사뿐 걸어 들어왔다. 몰리는 흰 갈기에 단 빨간 리본을 자랑하고 싶어 일부러 앞쪽에 자리를 잡고 앉아 갈기를 흔들어댔다. 맨 마지막으로 들어온 동물은 고양이였는데 그녀는 여느 때처럼 가장 따뜻한 자리를 찾아 사방을 힐끗거리더니 염치없이 복서와 클로버 사이로 비집고 들어앉았다. 그러고는 메이저 영감이 연설하는 내내 한마디도 귀담아듣지 않고 기분이 마냥 좋은 듯 나지막하게 가르랑거렸다.

그리하여 뒷문 밖 횃대 위에 앉아 졸고 있는 길들여진 까마귀 모지스를 제외한 모든 동물들이 참석했다. 저마다 편하게 자리 잡고 앉아 도대체 무슨 일인가 하고 주목하고 있는 농장 동물들의 모습을 본 메이저 영감은 목청을 가다듬은 뒤 연설을 시작했다.

"동무들, 여러분은 내가 지난밤에 이상한 꿈을 꾸었다는 얘기를 이미 들었을 거요. 그 꿈 이야기는 나중에 하도록 하고 그보다 먼저 해야 할 말이 있소. 동무들, 나에게는 여러분과 이렇게 함께 지낼 시간도 이제 몇 달 남지 않은 듯하오. 그래서 내가 죽기 전에 지금까지 살면서 터득한 지혜를 여러분에게 전하는 것이 마땅하다 생각하오. 나는 살 만큼 살았소이다. 홀로 돼지우리에 웅크리고 앉아 이런저런 생각할 시간도 많았소. 그 덕분에 지금 살아 있는 어떤 동물보다 이 땅에서 살아가는 의미가 무엇인지 잘 알고 있다고 말할 수 있소. 내가 지금 여러분에게 말하려는 것도 바로 이 문제에 관한 것이오.

자, 동무들, 지금 우리의 삶은 과연 어떻소? 현실을 한번 직시해봅시다. 우리네 삶은 비참하고 고달프고 짧기까지 합니다. 우리는 이 세상에 태어나 목숨을 겨우 부지할 만큼의 먹이만 받아먹고, 일을 할 수 있는 동물은 마지막 순간까지 혹사당하다가, 쓸모가 없어지면 바로 끔찍하고 잔인하게 도살을 당하지요. 영국에서 태어난 그 어떤 동물도 나이 한 살을 먹고 나면 행복이나 여가가 무슨 뜻인지 모른다오. 어느 동물도 영국에서는 자유가 없는 게지요. 비참한 노예의 삶, 이것이 바로 우리네 삶이잖소. 이것이 있는 그대로의 사실이란 말이오.

하지만 우리가 이처럼 살아가는 게 단순히 자연의 순리이기 때문이겠소? 아니면 우리가 사는 이 영국 땅이 너무 척박

해서 이곳에 사는 이들에게 풍요로운 삶을 보장해줄 수 없어서이겠소? 아니오. 동무들, 절대로 그렇지가 않소! 영국의 흙은 기름지고 기후도 좋아 지금보다 훨씬 더 많은 동물도 충분히 먹여 살릴 수 있단 말이오. 그래서 우리가 사는 이 농장만 하더라도 말 열두 필과 암소 스무 필, 양 수백 마리가 상상하는 것 이상으로 편안하고 품격 있는 생활을 누릴 수 있다오. 그런데도 우리가 이처럼 비참한 생활을 왜 계속하고 있는 건지 아시오? 그 이유는 바로 우리가 힘들여 생산한 것을 인간이 모조리 도둑질해가기 때문이오. 자, 동무들, 우리 문제에 대한 해답은 바로 여기에 있소. 한마디로 문제의 핵심은 인간, 바로 인간들이야말로 우리의 진짜 적인 것이오. 인간들을 이 농장에서 몰아냅시다. 그렇게만 하면 우리가 굶주리고 혹사당하는 근본 원인이 영원히 사라지게 될 것이오.

인간은 생산하지는 않으면서 소비만 하는 유일한 동물이오. 그들은 우유를 만들어내지 못하고, 달걀을 낳지도 못하며, 힘이 부쳐 쟁기도 끌지 못하고, 토끼를 잡을 만큼 날렵하게 뛰지도 못하오. 그러면서도 그들은 동물 위에 군림하고 있소. 또 동물들을 부려먹고는 굶어 죽지 않을 만큼의 먹이만 주고 나머지는 모두 자기들이 독차지하고 있소. 우리는 우리 힘으로 땅을 갈고 우리 분뇨로 땅을 기름지게 하지만 알몸뚱이 하나 빼고는 우리 중 누구도 가진 게 없질 않소. 지금 내 앞에 앉아 있는 암소 동무 여러분, 지난해에 여러분이 짜낸 우유가 도대체 몇 천 리터요? 그런데 새끼들을 튼튼히 기르는 데 쓰였어야 할 여러분의 우유는 모두 어찌 되었소? 마지막 한 방울까지 고스란히 우리 적들의 목구멍으로 넘어가고 말았지요. 암탉 여러분은 또 어떻소. 지난 한 해 동안 얼마나 많은 달걀을 낳았소? 그리고 또 그중에서 과연 몇 마리나 병아리로 부화했소? 그 얼마 되지 않은 알을 빼고 나머지 알들은 모두 시장에 내다 팔려 존스와 그 일당의 주머니를 채워줬지요. 그리고 클로버 동무, 동무가 낳은 망아지 네 마리는 지금 어디 있소? 늘그막에 동무를 부양하고 동무에게 기쁨을 줄 그 망아지들 말이오. 한 살이 되자마자 모두 시장에 내다 팔려 다시는 못 보게 되었지요. 네 번에 걸친 해산과 고된 노동의 대가로 동무가 받은 게 쥐뿔만 한 먹이와 마구간 말고 뭐가 있느냐 말이오?

그 뿐만이 아니오. 이런 비참한 삶조차 우리는 제명만큼 누리지 못하고 있소. 그나마 나는 운이 좋았던 터라 내 입장으로서는 불만이 없다오. 나는 이미 열두 해나 살았고 사백 마리가 넘는 자식들도 두었소. 돼지로서는 자연스러운 삶이지요. 그렇지만 어느 동물도 생의 마지막에 가서는 더없이 잔인한 최후의 칼날을 피할 수 없소. 지금 내 앞에 앉아 있는 젊은 식용 돼지 동무들, 그대들은 앞으로 일 년도 채 살지 못하고 도살장으로 끌려가 멱따는 소리로 살려달라고 비명을 내지를 것이오. 그처럼 두렵고 무서운 날이 암소, 돼지, 암탉, 양 할 것 없이 우리 모두에게 닥쳐올 거란 말이오. 말이나 개라고 해서 더 나은 팔자라 할 것 없소. 거기 앉은 복서 동무, 동무의 그 우람한 근육에서 힘이 빠지는 그날로 존스는 동무를 폐마 도축업자에게 팔아넘길 것이고, 도축업자는 동무의 목을 따서 펄펄 끓는 물에 삶아 사냥개용 먹이로 만들어버릴 것이오. 개의 처지를 말해보자면, 동무들이 나이가 들어 이빨이 빠지면 존스가 동무의 모가지에 벽돌을 매달아 근처 연못에 빠뜨려 죽인다오.

자, 동무 여러분, 이것으로 우리 삶의 모든 불행은 바로 인간들이 부리는 횡포 때문이라는 게 너무도 명백해지지 않았소? 인간들만 몰아내면 우리가 힘써 일한 대가가 고스란히 우리 것이 될 수 있단 말이오. 하룻밤 사이에 우리는 부자가 되고 자유의 몸이 되는 거요. 자, 그러기 위해서 우리는 이제 무엇을 해야 하겠소? 밤낮 할 것 없이 몸과 마음을 다해 오로지 인간이라는 종자를 타도하는 일에 나서야 하오. 이것이 바로 내가 동무들에게 주고자 하는 메시지요. 반란을 일으킵시다! 그날이 일주일 뒤가 될지 백 년 뒤가 될지 나도 잘 모르오. 하지만 내가 지금 발밑에 있는 이 지푸라기를 내 두 눈으로 똑똑히 보듯 머지않아 정의가 실현되는 그날이 반드시

올 것이라 확신하오. 동무 여러분, 길지 않은 동무들의 여생 동안 이 신념을 이루기 위해 몰두하시오! 무엇보다도 나의 이 메시지를 다음 세대에 전하여 우리 후손들이 승리하는 그 날까지 투쟁을 이어나가도록 하시오.

그리고 동무들, 여러분의 결의가 결코 흔들리면 안 된다는 점을 잊지 마시오. 인간과 동물은 함께 이해를 도모해야 한다느니 인간이 번영해야 동물도 번영할 수 있다느니 하는 감언이설에 미혹되면 절대 아니 되오. 이는 전부 거짓말이오. 인간은 본래 자신 말고는 절대로 다른 동물과 함께 이익을 꾀하는 법이 없소. 그러니 우리 동물들은 투쟁을 하는 동안 완벽하게 단결하고 동지애를 철저히 발휘해야 할 것이오. 인간들은 모두 우리의 적이고 동물들은 모두 우리의 동지라는 사실을 명심하시오."

바로 그때 한바탕 소동이 벌어졌다. 메이저 영감이 연설을 하는 동안 커다란 쥐 네 마리가 쥐구멍에서 슬그머니 나와서 뒷다리를 쪼그리고 곧추앉아 메이저 영감의 이야기를 경청하고 있었는데 갑자기 그 모습이 개들의 눈에 띄었던 것이다. 쥐들은 잽싸게 쥐구멍으로 도망쳐 들어간 덕분에 목숨을 부지할 수 있었다. 메이저 영감은 앞발을 들어 좌중을 진정시켰다.

"동무들." 메이저 영감이 말을 이었다. "여기 해결해야 할 문제가 하나 생겼소. 쥐나 토끼와 같은 야생동물은 우리의 친구입니까, 적입니까? 이 문제를 투표에 부칩시다. 이 모임에서 '쥐들은 우리의 동무인가?'라는 안건을 상정하는 바이오."

즉시 투표가 실시되었고 압도적인 득표차로 쥐는 친구로 인정되었다. 반대표는 겨우 넷으로 개 세 마리와 고양이가 던진 표였는데, 고양이가 찬성과 반대 양쪽 모두에 표를 던진 사실이 나중에 밝혀졌다. 메이저 영감은 다시 연설을 이어갔다.

"내가 하려던 말은 이제 거의 다한 것 같소. 되풀이하여 말하지만 인간과 그들이 하는 모든 행동에 대해 늘 적개심을 늦추면 안 된다는 점을 기억하시오. 두 발로 걸으면 누구든지 우리의 적이라오. 네 발로 걷거나 날개가 있으면 우리의 친구인 거요. 또한 인간에 맞서 투쟁하면서 우리가 그들을 닮아가서는 결코 안 된다는 점도 기억하시오. 혹여나 인간을 정복한 후에라도 그들의 악습을 좇아서는 아니 되오. 모름지기 동물은 집 안에서 살거나, 침대에서 잠을 자거나, 몸에 옷을 걸치거나, 술을 마시거나, 담배를 피우거나, 돈을 만지거나, 장사에 손을 대서는 안 되는 거요. 인간이 만든 습관은 모두 사악하기 때문이오. 무엇보다 우리 동물은 동족에게 권력이나 폭력을 휘둘러서는 안 되오. 힘이 세건 약하건 똑똑하건 모자라건 우리는 모두 형제라오. 또한 동물은 절대로 다른 동물을 죽여서는 아니 되오. 모든 동물은 평등하기 때문이오.

자, 동무들, 그럼 지금부터 내가 지난밤에 꾼 꿈 이야기를 하리다. 꿈 얘기를 동무들에게 세세히 다 들려줄 수는 없소. 그 꿈은 인간들이 사라지고 난 뒤에 펼쳐질 세상에 대한 것이었다오. 한데 그 꿈 덕분에 오랫동안 잊고 있었던 무언가를 다시 떠올릴 수 있었지 뭐요. 오래전 내가 아직 새끼 돼지였을 적에 우리 어머니와 동네 암퇘지들이 옛 노래 한 곡을 읊조리곤 했는데 그들이 알고 있는 건 곡조와 가사 세 소절뿐이었소. 내가 어렸을 적엔 그 곡을 다 알았지만 성장하면서 기억에서 사라지고 말았소. 그런데 그 곡조가 어젯밤 꿈속에서 다시 생각나지 않았겠소. 게다가 노랫말도 모두 다시 떠올랐다오. 내 어린 시절에 동물들이 불렀었지만 그 후 여러 세대에 걸쳐 잊혀버린 바로 그 가사 말이오. 동무들, 그 노래를 지금 동무들에게 들려주려 하오. 나도 이제 나이가 들다 보니 목소리가 쉬어버렸지만 동무들이 곡조를 배우면 다들 나보다 잘 부를 수 있을 거요. 〈영국의 짐승들〉이라는 곡이라오.”

메이저 영감은 목청을 가다듬고 노래를 시작했다. 메이저 영감의 말마따나 비록 목소리는 쉬었지만 노래는 제법 그럴듯했다. 그 노래는 가슴 뭉클한 곡조가 어딘가 〈클레멘타인〉

과 〈라 쿠카라차〉를 합쳐놓은 듯했다. 노랫말은 이러했다.

영국의 짐승들이여, 아일랜드의 짐승들이여,
그리고 온 세계의 짐승들이여,
황금빛 찬란한 미래를 알리는
이 기쁜 소식에 귀 기울여라.

머지않아 그날이 오리니,
포악한 인간이 파멸하고
영국의 기름진 들판에
오직 짐승만이 활보하리라.

그날이 오면 코에서 코뚜레가 사라지고
등에서 멍에가 사라지리니,
재갈과 박차는 영원히 녹슬고
잔인한 채찍 소리도 더는 들리지 않으리라.

그날이 오면 상상할 수도 없는 재물이
우리의 것이 되리니,
밀과 보리, 귀리와 건초,
토끼풀, 콩 그리고 사탕무가

모두 우리 것이 되리라, 그날이 오면.

영국의 들판은 더욱 밝게 빛나고
강물은 더욱 맑아지니
미풍도 더욱 감미롭게 불어오리라
우리가 해방되는 그날이 오면.

그날을 위해 우리 모두 힘써야 하리
그날이 오기 전에 우리 죽을지라도
암소도 말도, 거위와 칠면조도
모두의 자유를 위해 힘써야 하리.

영국의 짐승들이여, 아일랜드의 짐승들이여,
그리고 온 세계의 짐승들이여,
잘 듣고 널리 전하라,
황금빛 찬란한 미래를 알리는 이 기쁜 소식을.

늙은 메이저 영감의 노래에 동물들은 몹시 열광했다. 메이저 영감이 노래를 다 끝마치기도 전에 벌써 동물들은 노래를 따라 부르고 있었다. 가장 아둔한 축에 드는 동물들마저 곡조와 노랫말 몇 소절을 쉽게 외웠다. 돼지나 개처럼 영리한 동물들은 몇 분도 채 지나지 않아 노랫말과 곡조를 모두 익혔다. 동물들은 노래를 몇 번 불러보더니 우렁찬 소리로 〈영국의 짐승들〉을 합창하기 시작했다. 암소는 음매 음매, 개는 멍멍, 양은 매매, 말은 히힝 히힝, 오리는 꽥꽥 노래했다. 모두들 노래에 흥이 돋아 다섯 번을 거듭 합창했는데 도중에 방해만 없었더라면 밤새 계속됐을 것이다.

운 나쁘게도 떠들썩한 노랫소리에 잠자던 존스 씨가 깨어났다. 존스는 우리에 여우가 들어온 줄 알고 침대에서 벌떡 일어났다. 그러고는 침실 한구석에 세워둔 엽총을 들고 밖으로 나와 어둠 속을 향해 연거푸 여섯 발을 쏘았다. 산탄이 헛간 벽에 날아와 박히자 모임이 급하게 해산되었다. 동물들은 저마다 잠자리로 쏜살같이 달아났다. 새들은 횃대 위로 잽싸게 올라앉았고 나머지 동물들은 지푸라기 더미 위에 웅크려 몸을 뉘었다. 이윽고 농장은 고요히 잠들었다.

2장

그로부터 사흘이 지난 날 밤, 노쇠한 메이저 영감은 잠을 자다가 조용히 숨을 거두었다. 사체는 과수원 한쪽 기슭에 묻혔다.

이른 3월의 일이었다. 그 후 석 달 동안 농장에서는 많은 일들이 비밀리에 진행되었다. 메이저 영감의 연설 덕택으로 농장에서 제법 영리한 축에 드는 동물들은 예전과는 전혀 새로운 시각으로 삶을 바라보게 되었다. 죽은 메이저 영감이 예견했던 반란의 날이 언제 올지 동물들은 알지 못했고 살아생전에 그런 날이 올지 아무런 근거도 없었지만, 반란을 준비해야 할 책임이 자신들에게 있다는 사실만은 분명히 깨닫고 있었다. 다른 동물들을 가르치고 조직하는 일은 자연스레 농장 동물 중에서 가장 총명하다고 알려진 돼지들의 몫이 되었다. 돼지들 중에서도 탁월한 이들이 있었으니 존스 씨가 시장에 내다 팔 목적으로 길러온 젊은 수퇘지 스노우볼과 나폴레온이었다. 나폴레온은 몸집이 크고 인상이 다소 사나워 보이는 수퇘지로 농장에서는 유일한 버크셔종이었으며 달변가는 아니었지만 모든 일을 자기 뜻대로 밀고 나가는 것으로 평판이 나 있었다. 스노우볼은 나폴레온에 비해 쾌활하고 말주변도 좋으며 창의적이었지만 나폴레온만큼 신중하지는 못한 것으로 알려져 있었다. 그 밖의 수퇘지들은 모두 식용으로 길러졌다. 식용 돼지들 가운데에서도 가장 잘 알려진 스퀼러는 통통하게 살이 오른 작은 돼지로 양 볼은 토실토실하고 두 눈은 초롱초롱하며 동작이 민첩하고 날카로운 목소리를 가졌다. 뛰어난 달변가로 어려운 문제를 논할 때에는 이리저리 껑충대며 꼬리를 마구 흔드는 버릇이 있었는데, 그런 모습이 어쩐지 스퀼러의 말에 설득력을 더했다. 스퀼러는 검은색도 흰색으로 믿게 만들 만큼 언변에 능하다고 동물들은 말했다.

스노우볼, 나폴레온, 스퀼러 이 셋은 메이저 영감의 가르침을 하나의 완전한 사상 체계로 발전시킨 뒤 이를 '동물주의'라 일컬었다. 존스 씨가 잠든 틈을 타 그들은 일주일에 수차례씩 헛간에서 비밀 모임을 열어 다른 동물들에게 동물주의 원칙을 설명했다. 처음 얼마간은 동물들이 아둔한 발언을 하거나 시큰둥한 반응을 보였다. 몇몇 동물들은 존스 씨를 '주인님'이라 칭하면서 그에게 충성을 다하는 것이 농장 동물로서 마땅히 해야 할 도리라고 주장하기도 했고, "존스 씨가 우리를 먹여 살리잖아요. 존스 씨가 사라져버리면 우리는 굶어죽고 말 거예요"와 같은 저급한 발언을 하기도 했다. 또 어떤 동물들은 "우리가 죽고 난 다음에 일어날 일에 노심초사할 게 뭐예요?"라거나 "반란이 반드시 일어나기로 되어 있다면 우리가 애를 쓰건 말건 무슨 차이가 있나요?"와 같은 질문도 해댔다. 돼지들은 그러한 사고방식들이 동물주의 정신에 어긋난다는 것을 알아듣게 설명하느라 한참 애를 먹었다. 어리석은 질문들 가운데 가장 멍청한 것을 꼽으라면 그것은 단연 하얀 암말 몰리의 질문이었다. 스노우볼에게 가장 처음 했던 질문이 "반란을 일으키고 나서도 각설탕을 먹을 수 있나요?"였던 것이다.

"아니오." 스노우볼은 딱 잘라 말했다. "우리 농장에선 설탕을 만들 방법이 없소. 더구나 당신한테 설탕이 꼭 필요한 것도 아니잖소. 귀리와 건초는 당신이 원하는 만큼 실컷 먹게 될 거요."

"그러면 그때 가서도 갈기에 리본을 달고 다닐 수 있나요?" 몰리가 다시 물었다.

"동무." 스노우볼이 말했다. "동무가 그토록 애지중지하는 그 리본이야말로 노예의 징표요. 리본보다 자유가 더 값지다는 것을 정말 모르겠소?"

몰리는 스노우볼의 말에 동의는 했지만 썩 납득이 가는 눈치는 아니었다.

수퇘지들은 인간에게 길들여진 까마귀 모지스가 퍼뜨리고 다니는 헛소문을 막느라 더욱 애를 먹었다. 존스 씨로부터 각별한 사랑을 받는 모지스는 첩자인 데다가 고자질쟁이였지만 동시에 영악한 달변가였다. 모지스는 동물들이 죽으면 가게 되는 '설탕사탕산'이라는 신비한 나라를 안다고 주장했다. 모지스의 말에 의하면 그 신비한 나라는 구름 넘어 하늘 어딘가에 있다고 한다. 설탕사탕산에서는 일주일 내내 일요일만 있고 일 년 내내 토끼풀이 무성하며 각설탕과 아마인 깻묵이 산울타리에서 자란다는 것이었다. 농장 동물들은 늘 수다만 늘어놓고 일은 하지 않는 모지스를 싫어했다. 하지만 동물들 중 몇몇이 설탕사탕산이 정말로 존재한다고 믿는 바람에 수퇘지들은 그런 곳은 절대 없다고 설득하느라 진땀을 흘려야 했다.

수퇘지들의 가장 충실한 제자는 짐마차를 끄는 말인 복서와 클로버였다. 그 둘은 스스로 무언가를 생각해내는 것을 굉장히 어려워했지만, 일단 수퇘지들을 스승으로 받아들인 후에는 그들이 하는 말을 하나부터 열까지 그대로 익혀 다른 동물들에게 단순한 논리로 전파했다. 그들은 헛간에서 열리는 비밀 집회에 한 번도 빠짐없이 참석했고 집회를 마칠 때 면 으레 부르는 〈영국의 짐승들〉을 선창했다.

그런데 어찌된 일인지 메이저 영감이 예언한 반란은 모두 의 예상 밖으로 굉장히 빨리 찾아왔고 또 쉽게 성공을 거두 었다. 지난 세월 동안 존스 씨는 모진 주인이긴 했어도 유능 한 농부였는데 최근에 불운이 연달아 들이닥쳤다. 존스는 소 송에 휘말려 돈을 잃은 이후로 줄곧 실의에 빠져 자기 몸을 돌보지 않고 술을 진탕 퍼마셔 댔다. 몇 날 며칠을 하루 종일 주방에 있는 등받이가 긴 의자에 널브러져 앉아 신문을 뒤 적거리며 술을 마시고, 가끔씩은 맥주에 적신 식빵 가장자리 를 모지스에게 먹이며 허송세월했다. 농장 일꾼들은 원체 게 으른 데다 일처리가 정직하지 못했는데 주인의 처지가 달라 지자 이내 밭에는 잡초가 무성해졌고 지붕은 새로 이어야 할 정도로 헐었으며 울타리는 손질이 되지 않은 채 방치되었고 동물들은 배고픔에 시달렸다.

6월이 오고 꼴 베는 시기가 왔다. 하지를 하루 앞둔 토요 일에 존스 씨는 윌링던에 갔다가 '레드 라이언' 술집에서 인 사불성이 되도록 취해서는 일요일 해가 중천에 뜰 때까지도 돌아오지 않았다. 일꾼들은 아침 일찍 소젖을 짜두고는 농장 동물에게 먹이도 주지 않고 토끼 사냥을 가버렸다. 존스 씨 는 집에 돌아오자마자 응접실 소파에 드러누워 〈세계 뉴스

신문〉을 얼굴에 덮은 채 곧장 곯아떨어졌기 때문에 늦은 저녁이 될 때까지도 동물들은 먹이를 입에 대지 못했다. 이제 동물들은 더 이상 참을 수 없는 지경에 이르렀다. 암소 한 마리가 뿔로 곳간 문을 들이받아 박살 내자 다른 동물들이 일제히 광에 들어가 허겁지겁 주린 배를 채우기 시작했다. 그제야 존스 씨가 잠에서 깨어났다. 존스와 일꾼 넷은 회초리를 들고 곳간으로 달려가 닥치는 대로 회초리를 휘둘렀다. 잔뜩 굶주렸던 동물들로서는 견딜 수 없는 처사였다. 미리 약속이나 한 듯 동물들은 일제히 자신을 학대하는 자들을 향해 달려들었다. 존스와 일꾼들은 사방에서 뿔에 받히고 발에 걷어차였다. 사태는 걷잡을 수 없었다. 그들은 동물들이 그런 식으로 난동을 부리는 것을 전에 본 적이 없었기에 그동안 마음 내키는 대로 매질하고 혹사해온 동물들이 이처럼 난데없이 봉기하여 일어나자 넋이 나가 어찌할 바를 몰랐다. 이리저리 방어하려 용쓰는 것도 잠시, 사람들은 모든 걸 포기하고 줄행랑을 쳤다. 다섯 사람은 큰길로 이어지는 마찻길을 따라 전속력으로 달아났고 동물들은 의기양양하게 그 뒤를 쫓았다.

존스 부인은 침실 창문을 통해 바깥 상황을 지켜보다가 허겁지겁 여행용 가방에 몇 가지 소지품을 챙겨 다른 길을 통해 농장을 몰래 빠져나갔다. 모지스는 횃대를 차고 올라 큰 소리로 까악까악 울며 존스 부인의 뒤를 따라 날아갔다. 그 사이 농장 동물들은 존스와 일꾼들을 큰길까지 내쫓은 다음 농장으로 돌아와 빗장이 다섯 개나 달린 문을 꽝 닫아걸었다. 그렇게 하여 뭐가 어떻게 된 건지 동물 자신들도 영문을 모른 채 반란은 성공을 거두었다. 존스는 그렇게 쫓겨났고 이제 '장원농장'은 동물들의 차지가 되었다.

처음 몇 분간 동물들은 자신들에게 닥친 행운을 좀처럼 실감할 수 없었다. 정신을 차린 뒤 가장 처음에 한 일은 혹 농장 어딘가에 숨어 있는 인간은 없는지 확인이라도 하듯 떼를 지어 농장 주위를 뛰어다니는 것이었다. 그런 다음 축사로 돌아와 존스 씨가 지배했던 흔적들을 하나도 남김없이 제거하기 시작했다. 마구간 한쪽 끝에 있는, 멍에와 마구를 넣어둔 창고 문을 열어젖혀 재갈, 코뚜레, 개 사슬과 존스가 그간 돼지와 양을 거세할 때 쓰던 보기에도 끔찍한 각종 칼을 모조리 물어다가 우물 속으로 내던졌다. 고삐며 굴레, 눈가리개는 물론 꼴망태도 전부 마당에 지펴진 쓰레기를 태우는 화톳불 속으로 던져졌다. 채찍도 마찬가지였다. 채찍이 타올라 불꽃이 되어 날아가는 것을 보자 동물들은 기뻐 날뛰었다. 스노우볼은 장이 서는 날이면 말갈기와 꼬리에 장식하곤 했던 리본들마저 불 속에 던져버렸다.

"리본은." 스노우볼이 말했다. "인간의 특징인 옷으로 간주

해야 하오. 동물은 알몸으로 다녀야 합니다."

복서는 이 말을 듣자마자 여름철이면 귀에 엉겨 붙는 파리 떼를 쫓는데 사용하던 조그만 밀짚모자를 물어 와서 불에 내던졌다.

삽시간에 존스 씨를 떠올릴 만한 물건들은 모조리 까만 재로 변해버렸다.

그런 다음 나폴레온은 동물들을 곳간으로 이끌고 가 평소에 받아먹던 것보다 두 배나 많은 양의 곡물을 나누어 주었고 개들에게도 사료용 비스킷을 두 개씩 주었다. 그리고 동물들은 〈영국의 짐승들〉을 처음부터 끝까지 일곱 번을 연이어 제창한 뒤 저마다 잠자리로 돌아가 이전에 맛보지 못했던 깊은 단잠에 빠져들었다.

그러나 이튿날이 되자 동물들은 여느 때와 마찬가지로 새벽녘에 잠에서 깼다. 그리고 문득 전날 있었던 영광스러운 사건을 떠올리며 모두가 한달음에 목초지로 달려나갔다. 목초지로부터 조금 떨어진 곳에는 농장 전체가 한눈에 내려다보이는 조그만 언덕이 있었다. 동물들은 그 언덕 위로 서둘러 올라가 맑은 아침 햇살을 받으며 사방을 휘 둘러보았다. 그랬다. 이 모든 것이 동물들의 것이었다. 눈앞에 펼쳐진 모든 것이 이제 그들의 소유가 된 것이 아닌가! 그 생각에 한껏 도취되어 동물들은 빙글빙글 돌며 뛰어다니기도 하고 흥분을 참지 못해 깡충깡충 뛰어오르기도 했다. 새벽이슬 위를 뒹굴어보는가 하면, 달콤한 여름풀을 한입 가득 뜯기도 하고, 검은 흙덩이를 걷어 차올려 짙은 흙냄새를 맡아보기도 했다. 그런 다음 동물들은 감격에 말문이 막힌 채 경작지와 목초지를 거쳐 과수원, 연못, 작은 숲을 죽 돌아보았다. 마치 처음 보는 풍경인 것처럼 새롭게 느껴졌고 이 모든 것이 자신들의 소유라는 사실이 여전히 믿기지 않았다.

동물들은 농장 건물들이 있는 곳으로 줄지어 돌아오다가 존스 씨의 집 문 앞에 이르자 잠자코 발길을 멈추었다. 그 농가 역시 동물들의 소유가 되었지만 선뜻 안으로 들어서기가 어쩐지 두려웠다. 하지만 조금 뒤, 스노우볼과 나폴레옹이 어깨로 문을 밀어젖히자 동물들은 집 안 물건들을 망가뜨리지 않도록 조심하면서 발끝을 세워 이 방 저 방을 돌아다녔다. 말소리 내기도 겁나 귀엣말로 속삭이며 깃털 매트리스를 깐 침대와 유리 거울, 말총 소파, 브뤼셀산 양탄자, 응접실 벽난로 위의 빅토리아 여왕의 석판 초상화 등 믿을 수 없을 만큼 호화스러운 온갖 물건을 휘둥그런 눈을 하고서 구경했다. 왠지 모를 쾌감을 느끼며 계단을 내려오는데 몰리가 보이지 않았다. 되돌아가 보니 몰리는 집 안에서 가장 좋은 침실 안에 남아 존스 부인의 화장대에서 푸른 리본 하나를 꺼내 어깨에 얹어놓고는 거울에 비친 제 모습에 바보처럼 감탄하고 있었다. 동물들은 몰리를 호되게 나무란 뒤 밖으로 나왔다. 부엌에 주렁주렁 매달려 있던 햄은 땅에 묻어줄 셈으로 가지고 나왔고 다용도실에 놓여 있던 맥주 통은 복서가 발굽으로 차서 박살이 났지만 그 밖의 물건에는 전혀 손대지 않았다. 동물들은 존스의 농가를 박물관으로 보존해야 한다는 결의안을 그 자리에서 만장일치로 통과시켰다. 또한 어떤 동물도 그 안에 들어가 살아서는 안 된다는 의견에도 전원이 동의했다.

아침 식사를 먹고 나자 스노우볼과 나폴레옹은 다시 동물들을 소집했다.

"동무들." 스노우볼이 입을 열었다. "지금은 여섯 시 반이니 해가 지려면 아직 멀었소. 그래서 오늘부터 건초를 거두어들이기로 하겠소. 하지만 그 일에 앞서 해야 할 일이 하나 있소."

돼지들은 지난 석 달 동안 존스 씨네 아이들이 쓰다가 버린 낡은 철자법 교과서를 쓰레기 더미에서 주워다가 글을 읽고 쓰는 법을 독학으로 익혔다고 밝혔다. 나폴레옹은 검은색과 흰색 페인트를 가져오게 한 뒤 큰길로 통하는 빗장이 다섯 개 달린 농장 대문까지 동물들을 앞장서서 데리고 갔다. 그중에서 글씨를 가장 잘 쓰는 스노우볼이 앞발굽 사이에 붓을 끼우고 대문 가장 위에 달린 빗장에 쓰인 **장원농장**이라는 글자를 지운 다음 그 자리에 **동물농장**이라고 썼다. 이제부터는 이것이 농장의 새 이름이 되었다. 동물들이 다시 농장 축사로 돌아오자 스노우볼과 나폴레온은 사다리를 가져오라 해서 헛간 한쪽 벽에 세워놓도록 했다. 그들은 지난 석 달 동안 연구한 끝에 동물주의의 원칙을 '일곱 계명'으로 축약하는 데 성공했다고 설명했다. 그 '일곱 계명'을 지금 헛간 벽에 써놓음으로써 그 계명들은 동물농장의 모든 동물들이 앞으로 영원히 지켜야 할 불변의 법률이 될 것이라고 덧붙여 말했다. 스노우볼은 사다리를 어렵사리 기어올라(돼지가 사다리 위에서 균형을 잡기란 쉬운 일이 아니어서) 일곱 계명을 쓰기 시작했고, 스퀼러는 사다리 몇 단 아래에서 페인트 통을 들고 서 있었다. 일곱 계명은 타르 칠을 한 시꺼먼 헛간 벽에 흰 페인트로 큼지막하게 써놓아 30미터쯤 떨어진 곳에서도 읽을 수 있었다. 계명의 내용은 다음과 같았다.

일곱 계명

첫째, 두 발로 걷는 자는 모두 적이다.

둘째, 네 발로 걷거나 날개가 있는 자는 모두 친구다.

셋째, 어떤 동물도 옷을 입어서는 안 된다.

넷째, 어떤 동물도 침대에서 잠을 자서는 안 된다.

다섯째, 어떤 동물도 술을 마시면 안 된다.

여섯째, 어떤 동물도 다른 동물을 죽여서는 안 된다.

일곱째, 모든 동물은 평등하다.

무척 깔끔하게 잘 쓴 글씨였다. 다만 'friend'가 'freind'로 적혀 있었고, S자 하나가 좌우로 뒤집혀 있는 것 빼고는 철자가 제법 정확했다. 스노우볼이 다른 동물들을 위해 일곱 계명을 큰 소리로 읽어주었다. 그러자 동물들은 그 내용에 전적으로 동의하여 고개를 끄덕였고, 영리한 축에 속하는 동물들은 '일곱 계명'을 금세 외우기 시작했다.

"자, 동무들." 스노우볼이 페인트 붓을 내던지며 말했다. "이제 목초지로 갑시다! 우리의 명예를 위해서라도 존스와 그의 일꾼들보다 일찍 건초를 수확합시다."

그런데 그 순간 아까부터 다소 불편해 보이던 암소 세 마리가 큰 소리로 엄매 하고 울어 젖혔다. 암소들은 꼬박 스물네 시간 동안 젖을 짜내지 않아 젖통이 터질 듯이 부풀어 있었다. 잠시 궁리를 하던 돼지들은 양동이를 가져오게 해서 제법 솜씨 있게 우유를 짜냈다. 돼지 발굽은 젖을 짜는 데는 아주 안성맞춤이었다. 거품이 뜬 진한 우유가 다섯 양동이에 가득 찼고 상당수의 동물들이 호기심에 가득 찬 눈길로 우유를 바라보았다.

"저 우유는 다 어떻게 할 참이에요?" 누군가가 물었다.

"존스는 우리 먹이에 가끔씩 우유를 타 주었는데." 암탉 한 마리가 말했다.

"우유에 신경 쓸 것 없소! 동무들!" 나폴레온이 우유 양동이 앞으로 나서며 말했다. "우유 걱정은 마시오. 건초 수확이 더 중요하오. 스노우볼 동무가 여러분을 인도할 거요. 나도 곧장 뒤따라가겠소. 자, 동무들 모두 앞으로! 목초지가 우리를 기다리고 있소."

동물들은 건초를 거두기 위해 줄을 지어 목초지로 전진했다. 그러나 저녁에 동물들이 돌아와 보니 우유는 어디론가 사라지고 없었다.

3장

  건초를 거둬들이느라고 동물들은 얼마나 열심히 일했고,
또 얼마나 많은 땀을 흘렸던가! 동물들이 수고한 보람이 있
어 건초 수확은 예상보다 훨씬 성공적이었다.

  일이 무척 고될 때도 있었다. 도구들은 인간을 위해 만들
어진 것이지 동물을 위한 것이 아니어서, 인간처럼 두 발로
서지 않으면 도구를 사용할 수 없기 때문에 동물들은 일하
는 데 큰 어려움을 겪었다. 하지만 돼지들은 박식해서 매번
어려운 문제가 생길 때마다 해결 방법을 생각해냈다. 말들로
말할 것 같으면, 목초지 구석구석을 훤히 꿰고 있는 데다 풀
을 베고 긁어모으는 일이라면 존스나 그의 일꾼들보다 솜씨
가 한 수 위였다. 돼지들은 직접 일하지 않는 대신 다른 동물
들을 감독하고 지휘했다. 지식이 풍부한 돼지들이 주도권을
잡는 것은 아주 자연스러운 일이었다. 복서와 클로버는 풀

베는 기구나 써레를 몸통에 붙들어 매고(물론 이제는 재갈이나 고삐가 필요 없었다) 목초지를 빙빙 돌았고, 돼지 한 마리가 그 뒤를 따라다니며 그때그때 "이랴, 동무!"니 "워워, 동무!"니 하며 소리를 질러댔다. 힘이 제일 약한 동물들까지도 풀을 베고 거두는 일을 거들었다. 오리들과 암탉들도 하루 종일 뙤약볕 아래를 왔다 갔다 하며 풀 몇 가닥씩이라도 부리로 물어 날랐다. 마침내 동물들은 이전에 존스와 그의 일꾼들이 일했을 때보다 무려 이틀이나 앞당겨 수확을 끝마쳤다. 게다가 이번 건초 수확량은 농장이 생긴 이래로 가장 많았다. 낭비라고는 전혀 없었다. 암탉들과 오리들이 예리한 눈으로 살펴 마지막 풀잎 하나까지 놓치지 않고 주워 모았기 때문이다. 게다가 어느 누구 하나 단 한 입도 훔쳐 먹는 법이 없었다.

여름 내내 농장 일은 시계처럼 규칙적으로 돌아갔다. 동물들은 예전에는 상상도 할 수 없을 만큼 행복했다. 한 입 한 입 먹는 먹이가 꿀처럼 달콤했는데, 그럴 수밖에 없는 것이 인색한 주인이 찔끔찔끔 주던 먹이가 아니라 동물들이 자신들을 위해 직접 생산한 먹을거리였기 때문이다. 쓸모없는 기생충 같은 인간들이 사라지고 나자 농장 동물 모두가 먹을 몫이 늘어났다. 동물들은 여태껏 여가라는 것을 누려본 적이 없었지만, 아무튼 여가 시간도 더 많아졌다. 그러나 어려움도 많았다. 이를테면 농장에 탈곡기가 없기 때문에 곡식을 거두어들일 때 동물들은 아주 오랜 옛날 방식대로 발로 밟아 낟알을 벗기고 왕겨는 입으로 후후 불어 걷어내야 했다. 그러나 영리한 돼지들과 우람한 근육을 가진 복서가 있어 동물들은 언제나 곤경에서 벗어날 수 있었다. 복서는 누구에게나 가히 감탄스러운 존재였다. 존스 시절에도 성실한 일꾼이었지만 요즘에는 거뜬히 말 세 마리의 몫을 해냈다. 농장 일 전체가 그의 억센 두 어깨에 달려 있는 것 같아 보일 때도 있었다. 아침부터 저녁까지 복서는 밀고 끌며 쉼 없이 일했고 가장 힘든 일은 언제나 도맡아 했다. 복서는 수탉 한 마리에게 매일 아침 남들보다 삼십 분 먼저 깨워달라고 부탁해서, 그날의 정규 작업이 시작되기에 앞서 자신의 도움이 가장 필요할 것 같은 일을 자진해서 해치웠다. 어려운 문제나 장애에 부딪히면 "내가 더 열심히 일하면 돼!"라고 말했다. 복서는 이 말을 자신의 좌우명으로 삼았다.

하지만 모든 동물들은 각자 자기 능력에 따라 일했다. 이를테면 곡식을 거둘 때 암탉과 오리 들은 흩어진 낟알들을 열심히 주워 모아 자그마치 36리터 정도의 곡물을 더 모았다. 아무도 먹이를 훔치는 법이 없었고 자기 앞으로 돌아오는 몫이 적다고 불평하지 않았다. 존스 시절 같으면 흔히 볼 수 있었던 싸우거나 물어뜯거나 시기하는 모습도 거의 사라지다시피 했다. 꾀부리며 일을 회피하는 동물도 없었다. 아니, 아주 없다기보다 거의 없었다. 사실 몰리는 아침에 일찍 일어나는 것을 힘들어 했고 걸핏하면 발굽에 돌이 박혔다며 일찌감치 일자리를 뜨곤 했다. 고양이의 행동 역시 좀 유별난 데가 있었다. 할 일이 생기면 고양이의 모습이 보이지 않는다는 사실이 곧 알려졌다. 그녀는 몇 시간씩 어디론가 슬쩍 사라졌다가 식사 때가 되거나 혹은 일이 다 끝난 저녁이 되어서야 아무 일도 없었다는 듯 슬그머니 다시 나타나곤 했다. 그러고는 썩 그럴듯한 핑계를 대면서 다정하게 그르렁대는 바람에 모두 고양이의 말을 믿을 수밖에 없었다. 벤저민 영감은 반란 이후에도 예나 다름없었다. 벤저민은 존스 시절과 마찬가지로 느릿느릿 고집스러운 방식으로 일했다. 일을 피하지도 않았지만 그렇다고 자진해서 떠맡지도 않았다. 반란과 그 결과에 대해서도 벤저민은 자신의 의견을 밝히지 않았다. 존스가 사라진 지금이 예전보다 더 행복하지 않느냐고 물으면, "당나귀는 본디 명이 긴 동물이야. 당신들 가운데 아마도 죽은 당나귀를 본 양반은 없을 거요" 하고 대답할 뿐이었다. 그래서 동물들은 그 수수께끼 같은 알쏭달쏭한 대답에 만족해야 했다.

일요일에는 일을 하지 않고 쉬었다. 아침 식사는 다른 때보다 한 시간 늦게 먹었고 아침 식사 후에는 매주 거르지 않고 의식을 거행했다. 의식의 첫 순서는 깃발 게양이었다. 스노우볼이 마구간에서 예전에 존스 부인이 쓰던 낡은 녹색 식탁보 하나를 찾아내어 그 위에 흰색 페인트로 발굽과 뿔을 그려 넣은 깃발이었다. 동물들은 매주 일요일 아침이면 농장 마당에 있는 게양대에 그 깃발을 걸었다. 스노우볼의 설명에 따르면 깃발의 녹색은 영국의 푸른 목초지를 나타내고 발굽과 뿔은 모든 인류가 완전히 사라진 뒤 세워질 '동물 공화국'을 상징한다고 했다. 깃발을 게양한 뒤 동물들은 '회의'라고 부르는 모임을 갖기 위해 큰 헛간으로 떼를 지어 들어갔다. 이곳에서 다음 일주일 동안 할 작업 계획을 세우고 결의안을 제출하며 토론을 진행했다. 결의안을 제출하는 건 언제나 돼지들이었다. 다른 동물들은 투표하는 법은 알지만 자기들이 직접 결의안을 생각해내지는 못했다. 스노우볼과 나폴레옹이 토론에 가장 적극적이었다. 그러나 두 수돼지가 합의를 보는 일은 한 번도 없었다. 한쪽이 어떤 제안을 하면 다른 한쪽은 어김없이 반론을 제시했다. 심지어 늙어서 일할 나이를 넘긴 동물들의 휴식처로 과수원 뒤의 작은 방목장을 따로 남겨두자는 결의안이 채택되었을 때에도 이 결의안 자체는 누구도 반대하지 않았지만, 각 동물에 따라 은퇴 연령을 몇 살로 할 것인가를 놓고는 열띤 토론이 벌어졌다. 회의는 언제나 〈영국의 짐승들〉을 합창하며 끝났고 오후는 오락 시간으로 배정되었다.

돼지들은 마구간을 자기네 본부로 사용했다. 저녁이면 그곳에 모여 존스의 옛 농가에서 가져온 책을 읽으며 대장일과 목공 등 여러 가지 필요한 기술을 연구했다. 또 스노우볼은 다른 동물들을 모아 이른바 '동물 위원회'라는 걸 조직하느라 여념이 없었다. 스노우볼은 지칠 줄 모르고 이 일에 매달렸다. 스노우볼은 읽기와 쓰기를 가르치는 학급을 만드는 것 외에도 암탉들을 위한 '달걀 생산 위원회'를, 암소들을 위한 '깨끗한 꼬리 연맹'을, '야생동물 재교육 위원회(이 위원회의 목적은 쥐와 토끼를 길들이는 데 있었다)'를, 또 양들을 위한 '뽀얀 양모 생산 운동'을 벌이는 등 다양한 단체들을 조직했다. 그러나 이들 계획은 대부분 실패로 돌아갔다. 예컨대 야생동물 재교육 사업은 거의 시작과 동시에 실패로 끝나고 말았는데, 쥐와 토끼 들은 행동에 변화가 없었고 위원회가 관대하게 대해주면 그 호의를 이용하려 들었기 때문이다. 고양이는 재교육 위원회에 참여한 뒤 한동안 적극적으로 활동했다. 어느 날 고양이가 지붕 위에 앉아 발이 닿을 듯 말 듯한 곳에 있는 참새들에게 말을 거는 모습이 보였다. 고양이는 이제부터 모든 동물은 동무이니 어떤 참새든 원한다면 자기 발등에 앉아도 좋다고 말했지만 참새들은 고양이와 계속 거리를 유지했다.

하지만 읽고 쓰기 교실은 대성공을 거두었다. 가을께가 되자 거의 모든 농장 동물이 어느 정도 글을 읽고 쓸 수 있게 되었다.

돼지들은 이미 완벽하게 읽고 쓸 수 있었다. 개들은 썩 잘 읽었지만 '일곱 계명' 외에 다른 것을 읽는 데에는 도통 관심이 없었다. 염소 뮤리엘은 개들보다도 읽기 능력이 뛰어났는데, 저녁 시간이면 가끔 쓰레기 더미에서 주워온 신문 조각을 다른 동물들에게 읽어주곤 했다. 당나귀 벤저민은 여느 돼지 못지않게 글을 잘 읽었지만 그 재능을 좀체 과시하지 않았다. 자기가 알기로는 읽을 가치가 있는 것은 아무것도 없다고 했다. 클로버는 알파벳은 깨쳤으나 이를 조합해서 낱말을 읽어내지는 못했다. 복서는 알파벳 D자까지 깨치고는 더 이상 진도를 나가지 못했다. 복서는 커다란 발굽으로 땅에다 A, B, C, D까지 쓰고는 두 귀를 쫑긋 젖히고 앞머리를 흔들며 글자들을 노려보았다. 그다음 글자를 생각해내려 안간힘을 썼지만 끝내 기억해내지 못했다. 실제로 복서가 E, F, G, H까지 외운 적이 몇 번 있었다. 하지만 그 네 자를 외우고 나면 앞서 익힌 A, B, C, D를 까맣게 잊어버리고 말았다. 마침내 복서는 알파벳의 처음 네 글자를 익힌 것에 만족하기로 하고 그나마 이 네 글자를 까먹지 않기 위해 매일 한두 차례씩 땅바닥에 써보았다. 하얀 암말 몰리는 자기 이름의 여섯 글자(Mollie) 외에는 더 이상 배우려 하지 않았다. 몰리는 그 여섯 글자를 작은 나뭇가지들로 예쁘게 만들고는 꽃 한두 송이로 장식한 다음 스스로 감탄하며 제 이름자 주위를 빙빙 돌아다니곤 했다.

그 밖의 농장 동물들은 A자 이상은 외우지 못했다. 또한 양, 암탉, 오리 등 아둔한 편인 동물들의 경우는 '일곱 계명' 조차도 외우지 못하고 있다는 사실이 밝혀졌다. 한참을 궁리한 끝에 스노우볼은 그 '일곱 계명'을 "네 발은 좋고, 두 발은 나쁘다"라는 단 한 줄의 격언으로 줄일 수 있다고 선언했다. 스노우볼은 그 한 줄 속에 동물주의의 기본 원리가 모두 들어 있다고 말했다. 누구든 그 원리를 철저히 깨치기만 하면 인간의 영향을 받지 않는다는 얘기였다. 날짐승들은 처음에는 자신들도 발이 두 개라고 생각했기 때문에 그 말에 이의를 제기하고 나섰다. 하지만 스노우볼은 그렇지 않다는 것을 증명해 보였다.

"동무들." 스노우볼이 설명했다. "새의 날개는 날기 위한 추진 기관이지, 무엇을 조작하는 기관이 아니오. 따라서 날개는 다리로 간주해야 하오. 인간의 특징적인 신체 부위는 그들의 손이고, 손은 인간이 온갖 못된 짓을 하는 도구라오."

날짐승들은 스노우볼의 장황한 말을 이해할 수 없었지만 그 설명을 그냥 받아들였다. 아둔한 동물들도 새로운 격언을 외우기 시작했다. 헛간 벽면에 적힌 '일곱 계명' 위쪽에 이전에 쓴 글씨보다 더 큰 글씨로 **"네 발은 좋고, 두 발은 나쁘다"** 라는 새 격언을 썼다. 일단 외우고 나자 양들은 그 격언이 몹시 마음에 들었다. 양들은 가끔 목초지에 누워 입을 모아 "네 발은 좋고, 두 발은 나쁘다! 네 발은 좋고, 두 발은 나쁘다!" 를 몇 시간 동안 지칠 줄 모르고 외쳐대곤 했다.

나폴레온은 스노우볼이 조직한 위원회에 전혀 관심이 없었다. 나폴레온은 이미 다 큰 동물들을 위해 일을 도모하기보다는 어린 동물들을 교육시키는 일이 훨씬 더 중요하다고 말했다. 마침 건초 수확이 끝나고 얼마 지나지 않아 제시와 블루벨이 튼튼한 새끼 아홉 마리를 낳았다. 나폴레온은 그 강아지들이 젖을 떼자마자 강아지 교육은 자기가 책임진다며 어미 품에서 새끼들을 떼어 갔다. 나폴레온은 사다리를 통해야만 올라갈 수 있는 마구간 다락방으로 강아지들을 옮긴 다음 외부로부터 철저히 격리시켰기에 농장의 다른 동물들은 강아지들이 있다는 사실조차 곧 잊어버렸다.

우유가 어디로 사라지는가 하는 궁금증은 얼마 안 가서 풀렸다. 우유는 매일 돼지들의 사료 속에 들어갔던 것이었다. 때마침 풋사과가 한창 익어가기 시작했고 바람에 떨어진 사과들이 과수원 풀밭 여기저기에 흩어져 있었다. 동물들은 당연히 그 사과가 모두에게 공평하게 분배될 것이라 생각했다.

그러던 어느 날, 돼지들이 먹을 수 있도록 바람에 떨어진 사과들을 모두 주워 모아 마구간 창고에 두라는 명령이 떨어졌다. 명령에 투덜거리는 동물들이 있었지만 소용없었다. 그 문제에 관해서는 돼지 전원이 동의했고 스노우볼과 나폴레온까지도 의견의 일치를 보았다. 다른 동물들에게 그럴듯한 이유를 설명하기 위해 달변가 스퀼러가 파견되었다.

"동무들." 스퀼러가 말을 꺼냈다. "여러분은 설마 우리 돼지들이 저들끼리만 잘 먹고 잘살거나 무슨 특권을 행하기 위해서 그런다고 생각하진 않겠지요? 사실 우유와 사과를 싫어하는 돼지들도 많소. 나도 사과를 싫어한다오. 그런데도 우리가 우유와 사과를 먹는 이유는 건강을 유지하기 위해서요. 우유와 사과에는 돼지의 건강에 절대적으로 필요한 물질들이 포함되어 있다오. 동무들, 이건 과학적으로 밝혀진 사실이오. 우리 돼지들은 아시다시피 지적 노동에 종사하고 있소. 이 농장을 경영하고 조직하는 것은 전적으로 우리 돼지들에게 달려 있다는 뜻이오. 우리는 밤낮으로 동무 여러분들의 복지를 보살펴야 하오. 그러니 돼지들이 우유를 마시고 사과를 먹어야 하는 것은 바로 여러분을 위해서라는 말이오. 우리가 그 직무를 수행하지 못하면 어찌되는지 아시오? 존스가 되돌아온다오! 그렇소, 존스가 다시 돌아오게 된단 말이오! 정말이오, 동무들." 스퀼러는 꼬리를 흔들고 이리저리 뛰어다니며 호소하듯 말했다. "여러분 중에 설마 존스가 되돌아 오길 바라는 이는 아무도 없겠지요?"

동물들은 존스가 되돌아오는 것을 원치 않는다는 것만은 분명히 확신할 수 있었다. 일이 그런 식으로 설명되다 보니 동물들로선 더 이상 할 말이 없어졌다. 돼지들이 건강을 유지하는 게 중요하다는 것이 너무나 명백해졌기 때문이다. 그렇게 해서 우유와 바람에 떨어진 사과, 익어서 수확한 사과들까지도 오롯이 돼지들의 몫이어야 한다는 데 더는 아무 군말 없이 모두 동의했다.

4장

동물농장에서 일어난 사건에 대한 소식은 계속 번져 늦여름 무렵에는 영국 땅 절반에 걸쳐 퍼져나갔다. 스노우볼과 나폴레온은 하루에도 몇 번씩 농장 밖으로 비둘기들을 파견했는데, 비둘기들의 임무는 근처에 있는 농장들을 찾아가 그곳 동물들과 어울리면서 동물농장에서 일어난 반란에 대해 얘기하고 〈영국의 짐승들〉 노래를 가르치는 일이었다.

그 무렵 존스 씨는 윌링던의 '레드 라이언' 술집에 퍼질러 앉아 자기 얘기를 들어주는 사람이면 누구나 붙들고 보잘것없는 동물들에게 농장을 빼앗겼으니 이렇게 부당한 일이 또 어디 있냐며 하소연했다. 다른 농장주들은 겉으로는 존스 씨를 동정했지만 이렇다 할 큰 도움을 주려고 하지는 않았다. 내심 존스에게 닥친 불행을 이용해 자신들이 이익을 얻을 수 있지 않을까 궁리할 뿐이었다. 동물농장에서 가까운 두 농장의 주인들이 일찍부터 앙숙이었던 것이 그나마 다행이었다. 두 농장 중 폭스우드는 제대로 관리되지 않은 넓은 구식 농장으로, 잡초가 숲을 이루고 목초지는 황폐하며 울타리는 형편없이 망가진 상태였다. 농장주 필킹턴 씨는 철 따라 낚시질을 하러 다니거나 사냥을 하는 데에 대부분의 시간을 보내는 느긋한 농사꾼이었다. 또 하나는 핀치필드라는 농장인데 폭스우드에 비해 크기는 작지만 관리 상태는 폭스우드보다 나았다. 농장주 프레더릭 씨는 냉정하고 상황 판단이 빠른 사람으로, 늘 소송에 연루되었고 일방적인 계약 조건을 통해 이익을 잘 챙기는 것으로 정평이 나 있었다. 두 농장주들은 서로를 몹시 싫어해 자기들의 공익을 지키는 문제에서조차 의견 일치를 보기가 힘들었다.

그런데도 그 두 농장주는 동물농장의 반란 소식을 듣고는 몹시 겁에 질렸고 자기네 농장 동물들이 그 반란 소식을 듣고 배울까 봐 불안해했다. 처음에 그들은 동물들이 스스로 농장을 경영한다는 소리에 콧방귀를 뀌면서 보름도 못 가 모든 것이 끝장날 것이라고 말했다. 그들은 장원농장(그들은 '동물농장'이라는 이름을 용납할 수 없었기 때문에 '장원농장'이라 부르기를 고집했다) 동물들이 저희끼리 싸움질이나 하다가 굶어 죽고 있다는 헛소문을 퍼뜨렸다. 하지만 시간이 흘러도 동물들이 굶어 죽지 않자 프레더릭과 필킹턴은 말을 바꾸어 지금 동물농장에서는 소름 끼칠 정도로 사악한 일들이 벌어지고 있다고 얘기하기 시작했다. 그곳에선 동물들이 서로 잡아먹고 벌겋게 불에 달군 편자로 서로를 고문하며 암컷들을 모두가 공유한다는 것이었다. 그게 바로 자연법칙을 거스른 반란이 불러온 당연한 결과라고 프레더릭과 필킹턴은 말하고 다녔다.

하지만 이런 얘기들을 곧이곧대로 믿는 이는 없었다. 동물들이 인간을 쫓아내고 스스로 꾸려가는 멋진 농장이 있다는 소문이 모호하고 왜곡된 형태로 온 나라에 계속 퍼져나갔고, 그해 내내 반란의 물결이 농촌 전역을 감돌았다. 고분고분하던 황소들이 갑자기 사나워졌고, 양 떼는 울타리를 망가뜨리며 닥치는 대로 클로버를 뜯어먹었으며, 암소들은 양동이를 걷어찼고, 사냥용 말들은 울타리를 뛰어넘지 않으려고 등에 탄 기수들을 울타리 너머로 내동댕이쳤다. 무엇보다도 〈영국의 짐승들〉의 가락과 가사가 온 나라에 알려졌다. 그 노래는 과히 놀랄 만한 속도로 빠르게 퍼져나갔다. 인간들은 그 노래를 그저 우스꽝스럽게 여기는 척했지만 마음속으로는 끓어오르는 화를 참을 수 없었다. 아무리 동물이라 해도 어떻게 그런 쓰레기만도 못한 노래를 부를 수 있는지 이해할 수 없었다. 그 노래를 부르다 들킨 동물은 그 자리에서 매질을 당했다. 그렇지만 노래가 퍼져나가는 것을 막을 방도가 없었다. 까마귀들은 울타리에 앉아 노래를 흥얼거렸고 비둘기들은 느릅나무 가지 위에 앉아 노래를 읊어댔다. 노래 곡조는 대장간의 망치질 소리와 교회 종소리에도 스며들었다. 인간들은 그 노래를 들을 때마다 앞으로 자기들에게 다가올 운명에 대한 예언을 듣는 것 같아 남몰래 치를 떨었다.

10월 초순, 곡식을 베어다 쌓고 타작을 시작할 무렵에 비둘기 한 무리가 동물농장 위를 푸드덕거리며 날아와 몹시 흥분해서는 농장 마당에 내려앉았다. 그러고는 존스와 그의 일꾼들이 폭스우드 농장과 핀치필드 농장에서 온 일꾼 대여섯 명을 이끌고 빗장 다섯 개가 달린 정문으로 들어와 농장으로 통하는 마찻길을 따라 올라오고 있다는 소식을 전했다. 그들은 모두 손에 몽둥이를 들었는데 존스는 총을 들고 선두에 서서 쳐들어오고 있다고 했다. 농장을 되찾으러 쳐들어오는 것이 분명했다.

이미 예상했던 일이라 동물들은 만반의 준비가 되어 있었다. 스노우볼은 농가에서 율리우스 카이사르의 군사작전에 관한 책을 찾아내어 연구했기 때문에 자연스레 방어 작전을 지휘하게 되었다. 스노우볼이 재빨리 명령을 내리자, 채 몇 분이 되지 않아 동물들은 각자 자기 자리에서 대기했다.

인간들이 농장 건물에 다다르자 스노우볼이 첫 번째 공격을 시작했다. 서른다섯 마리나 되는 비둘기가 일제히 날아올라 인간들의 머리 위로 똥을 싸질렀다. 인간들이 비둘기 똥을 피하느라 소란을 떠는 사이에 울타리 뒤에 잠복했던 거위들이 돌진하여 침입자들의 종아리를 사정없이 쪼아댔다. 하지만 이 정도는 인간들에게 약간의 혼란을 일으키기 위한 가벼운 작전에 불과해서 인간들은 몽둥이를 휘둘러 쉽사리 거위들을 몰아내었다. 그러자 스노우볼은 두 번째 공격을 시작했다. 스노우볼은 직접 선두로 나서서 뮤리엘, 벤저민, 양들을 이끌고 앞으로 돌진해 사방에서 인간들을 뿔로 찌르고 머리로 들이받았다. 벤저민은 뒤로 돌아서서 작은 발굽으로 발길질을 해댔다. 하지만 징 박힌 장화를 신고 몽둥이까지 든 인간들은 동물들에게 버거운 상대였다. 갑자기 스노우볼이 꽥 하고 소리를 내질러 퇴각 신호를 보내자 동물들은 일제히 돌아서서 농장 문을 통해 마당으로 도망쳐 들어갔다.

인간들은 승리의 함성을 질렀다. 인간들은 달아나는 동물들을 보고 그 뒤를 앞서거니 뒤서거니 하며 쫓기 시작했다. 그러나 이게 바로 스노우볼이 의도한 작전이었다. 인간들이 마당 안으로 들어서는 순간, 외양간에 매복했던 말 세 마리, 암소 세 마리, 그리고 나머지 돼지들이 갑자기 인간들 등 뒤에 나타나 길을 막아섰다. 스노우볼이 돌격 명령을 내렸다. 그리고 스노우볼 자신은 존스를 향해 정면으로 돌진했다. 스노우볼이 달려드는 걸 본 존스는 총을 들어 방아쇠를 당겼다. 스노우볼의 등짝에서 주르륵 피가 흘러내렸고 양 한 마리가 죽어 자빠졌다. 하지만 스노우볼은 조금의 망설임도 없이 100킬로그램가량 되는 몸뚱이를 날려 존스의 다리를 들이받았다. 존스는 저만치 있던 똥거름 더미에 처박혔고 총은 허공으로 날아갔다. 그러나 가장 무시무시한 장면의 주인공은 복서였는데, 그는 마치 성난 종마처럼 뒷발을 딛고 일어서서 편자를 박은 큼직한 앞발로 사정없이 발길질을 해댔다. 복서가 한 번의 발길질로 폭스우드 농장에서 온 젊은 마구간지기의 머리통을 차버리자, 그 젊은이는 진흙 바닥에 나가떨어져 쭉 뻗어버렸다. 이 광경을 본 인간들은 몽둥이를 내던지고 도망치려 했다. 그들이 완전히 공포에 질려버리자 동물들은 마당을 빙빙 돌며 인간들을 뒤쫓았다.

인간들은 뿔에 받히고 발길에 채이고 물어뜯기고 발굽에 짓밟혔다. 농장 동물들은 모두 제각각 자기가 할 수 있는 방식으로 인간들에게 앙갚음을 했다. 심지어 고양이도 갑자기 지붕 위에서 한 소몰이꾼의 어깨 위로 뛰어내려 발톱으로 그의 목을 할퀴었고 소몰이꾼은 큰 소리로 비명을 내질렀다. 어느 한순간 빠져나갈 공간이 열리자 인간들은 허겁지겁 마당 밖으로 달아나 큰길 쪽으로 젖 먹던 힘을 다해 내달렸다. 그렇게 해서 공격을 감행한 지 오 분도 채 안 되어 인간들은 왔던 길로 다시 굴욕스럽게 물러났고 거위 떼가 뒤를 쫓으며 그들의 종아리를 쪼아댔다.

한 사람만 빼고 모든 인간들이 도망쳤다. 마당으로 돌아온 복서는 진흙 바닥에 엎어진 마구간지기의 몸을 발굽으로 뒤집어보려 애썼다. 젊은이는 끝내 움직이지 않았다.

"죽었어." 복서가 슬퍼하며 말했다. "이럴 생각은 아니었는데, 무쇠 편자를 박고 있었다는 걸 잊어버렸어. 내가 일부러 그런 게 아니란 걸 누가 믿어줄까?"

"감상에 젖지 마시오, 동무!" 아직도 상처에서 피를 뚝뚝 흘리며 스노우볼이 말했다. "전쟁은 전쟁이오. 좋은 인간은 죽은 인간뿐이오."

"목숨을 앗을 생각은 아니었어요. 그게 인간의 목숨이라 할지라도." 되풀이하여 말하던 복서의 눈에는 눈물이 넘칠 듯이 고여 있었다.

"몰리는 어디 간 거야?" 누군가가 큰 소리로 물었다.

정말 몰리가 보이지 않았다. 싸움 통에 인간들이 몰리를 해쳤을지도 모르고 어쩌면 끌고 갔을 수도 있다는 생각이 들자 두려움이 엄습해 왔다. 그러나 마구간에서 여물통에 담긴 건초 더미 속에 머리를 파묻고 숨어 있는 몰리가 발견되었다. 몰리는 총소리를 듣는 순간 그 자리로 내뺀 것이다. 동물들이 몰리를 찾으러 나갔다가 돌아와 보니 죽은 줄 알았던 마구간지기가 사라지고 없었다. 사실 그 젊은이는 죽은 게 아니라 잠시 기절했다가 정신이 들자 달아난 것이었다.

동물들은 몹시 들떠서 모여들었고 모두들 이날의 자기 무용담을 풀어놓느라 목청을 높였다. 승전 축하식이 즉시 거행되었다. 깃발을 게양하고 〈영국의 짐승들〉을 몇 번이고 합창했다. 죽은 양에게는 엄숙한 장례식이 치러졌고 무덤에는 산사나무 한 그루를 심었다. 스노우볼이 무덤 앞에서 짤막한 연설을 했는데 모든 동물은 동물농장을 위해 필요하다면 목숨을 바칠 각오가 되어 있어야 한다는 걸 강조하는 내용이었다.

동물들은 만장일치로 명예 훈장을 제정하기로 했다. 그 자리에서 '제1급 동물 영웅' 훈장을 스노우볼과 복서에게 수여했다. 훈장은 동메달(사실 그 메달은 마구 창고에서 찾아낸 놋쇠로 된 말 장식이다)로 일요일과 휴일에 착용하기로 했다. '제2급 동물 영웅' 훈장도 있었는데 이는 죽은 양에게 수여되었다.

동물들은 이번 전투를 어떻게 부를까에 대해 열띤 토론을 벌였다. 결국 매복병이 뛰어나온 장소의 이름을 따서 '외양간 전투'라 부르기로 했다. 존스 씨의 총은 진흙 바닥에 떨어진 채 발견되었고 그가 살던 농가에 실탄이 든 탄약통이 있다는 걸 알게 되었다. 그래서 총은 깃발 게양대 밑에 대포처럼 놓아두었다가 일 년에 두 번 즉, 10월 12일의 '외양간 전투' 기념일과 하지인 반란 기념일에 축포를 쏘기로 결정했다.

5장

겨울이 다가오면서 몰리는 점점 더 골칫거리가 되어갔다. 아침마다 일터에 늦게 나와서는 늦잠을 잤다고 변명을 늘어놓기 일쑤였고 알 수 없는 통증을 느낀다고 볼멘소리를 하면서도 식욕만큼은 왕성했다. 몰리는 늘 이런저런 핑계를 대며 일을 회피하고 식수로 사용하는 웅덩이로 빠져나와 물에 비친 자신의 모습을 넋을 잃고 바라보곤 했다. 그러나 그보다 더욱 심각한 소문이 떠돌았다. 어느 날, 몰리가 건초 줄기를 입에 물고 긴 꼬리를 살랑대며 유유히 마당으로 걸어 들어오자 클로버가 그녀를 한쪽으로 불러 세웠다.

"몰리." 클로버가 입을 열었다. "너하고 할 중요한 얘기가 있어. 오늘 아침에 네가 동물농장과 폭스우드를 가르는 울타리를 넘어다보고 있는 걸 봤어. 필킹턴 씨네 일꾼 하나가 울타리 너머에 서 있더구나. 그런데 내가 멀리 떨어져 있긴 했지만, 그 사람이 너한테 뭐라고 말하면서 네 콧등을 쓰다듬었는데도 네가 가만히 있는 걸 내 눈으로 똑똑히 봤어. 도대체 어떻게 된 일이니, 몰리?"

"그 사람은 그런 적 없어! 나도 마찬가지고! 그건 사실이 아니야!" 몰리가 펄쩍 뛰며 말하더니 앞발로 땅바닥을 긁어대기 시작했다.

"몰리! 내 얼굴 똑바로 봐. 그 사람이 네 코를 쓰다듬지 않았다고 명예를 걸고 맹세할 수 있니?"

"사실이 아니라니까!" 몰리는 같은 대답을 되풀이하였지만 클로버의 얼굴을 똑바로 바라보지 못하더니 들판으로 냉큼 달아나 버렸다.

불현듯 클로버에게 짚이는 데가 있었다. 그녀는 다른 동물들에게 말하지 않고 몰리의 마구간에 들어가서 발굽으로 짚더미를 뒤적거렸다. 지푸라기 속에는 각설탕 더미와 색색의 리본 다발이 숨겨져 있었다.

그로부터 사흘 뒤, 몰리는 갑자기 사라졌다. 몇 주 동안 행방이 묘연했는데 비둘기들이 윌링던 근처에서 그녀를 보았다고 알려왔다. 몰리가 어느 술집 앞에 세워져 있는 붉은색과 검은색으로 칠한 멋진 이륜마차의 굴대를 메고 있었다고 했다. 술집 주인으로 보이는 발그레한 얼굴을 한 뚱뚱한 남자는 체크무늬 반바지를 입고 각반(장화가 서로 마주치지 않도록 발목에서 무릎 아래까지 바지 위에 감거나 둘러싸는 물건 – 옮긴이)을 찬 채, 몰리의 콧등을 쓰다듬으며 각설탕을 먹이고 있었다고 말했다. 몰리의 털은 새로 다듬어져 있었고 앞갈기에는 빨간 리본이 달려 있었다는 것이다. 비둘기들은 그녀가 행복해 보이더라고 말했다. 그 이야기를 들은 후로 누구도 몰리의 이름을 다시는 입에 올리지 않았다.

1월이 되자 혹독하고 매서운 추위가 닥쳐왔다. 땅은 쇳덩이처럼 단단하게 얼어붙어 밭에서는 아무 일도 할 수 없었다. 큰 헛간에서는 회의가 여러 차례 열렸고, 돼지들은 다가올 봄에 해야 할 일들을 계획하느라 여념이 없었다. 다른 동물들보다 더 영리한 돼지들이 농장의 모든 정책을 결정하는 것은 당연한 일로 받아들여졌지만 그들이 결정한 사항은 회의에서 다수결에 의해 승인을 받아야만 했다. 스노우볼과 나폴레온 사이에 의견 대립만 없다면 이런 방식으로 일을 제법 순조롭게 진행할 수 있었을 것이다. 둘은 의견이 일치하지 않는 문제마다 사사건건 충돌했다. 한쪽이 밭에 보리를 더 많이 심자고 제안하면 다른 한쪽은 귀리를 더 많이 심어야 한다며 반대했고, 한쪽이 그러한 토질의 밭에는 양배추를 파종하는 것이 알맞다고 말하면 다른 한쪽은 뿌리채소 외에는 알맞은 것이 없다고 맞서는 식이었다. 이 둘은 각자 자신을 지지하는 동물들이 있어서 때로는 논쟁이 더욱 격렬해졌다. 스노우볼은 회의가 열릴 때마다 호소력 짙은 연설로 다수의 지지를 얻어냈지만, 나폴레옹은 틈틈이 개별적으로 접촉해 지지를 얻어내는 능력이 뛰어났다. 나폴레옹은 특히 양들을 잘 구슬렸다. 이즈음 양들이 시도 때도 없이 '네 발은 좋고, 두 발은 나쁘다'라고 외쳐대는 바람에 회의가 방해되는 일이 잦았다. 양들은 유독 스노우볼의 연설이 결정적인 대목에 이를 때마다 '네 발은 좋고, 두 발은 나쁘다'라고 부르짖곤 했다. 스노우볼은 농가에서 찾아낸 〈농부와 목축업자〉라는 과월호 잡지 몇 권을 자세히 연구해서 갖가지 개혁안과 개선안을 잔뜩 내놓았다. 그는 농장 배수로, 사료 저장법, 인산석회에 대해 전문가처럼 말했고, 농장 동물 모두가 날마다 장소를 옮겨가며 밭에 직접 똥을 누도록 하여 똥거름을 실어 나르는데 드는 노동력을 줄인다는 복잡한 체계를 생각해냈다. 나폴레옹은 자신의 계획을 내놓지는 않았지만 스노우볼의 계획은 실패할 거라고 넌지시 말을 흘리면서 기회를 엿보는 듯했다. 그런데 그들이 벌인 논쟁 가운데에서도 이 풍차 건설을 두고 벌어진 논쟁이 가장 치열했다.

농장 건물에서 멀지 않은 기다란 목초지에 작은 언덕이 하나 있었는데 그곳은 농장에서 가장 높은 곳이었다. 스노우볼은 지형을 살펴보더니 바로 그곳이 풍차를 건설하고 발전기를 돌려서 농장에 전력을 공급하기에 가장 알맞은 장소라고 단언했다. 그렇게 되면 축사를 환하게 밝힐 수 있고 겨울에는 난방을 할 수도 있으며, 회전 톱, 볏짚 절단기, 사탕무 절단기, 전기 착유기를 가동할 수 있다고 했다. 동물들은 지금껏 이런 기계에 대해 들어 본 적이 없었기 때문에(동물농장은 구식이어서 아주 원시적인 기구만 있을 뿐이었다) 자신들이 들판에서 한가로이 풀을 뜯거나 책을 읽고 대화를 나누며 교양을 쌓는 동안 그들의 일을 대신 해준다는 이 환상적인 기계들에 대해 스노우볼이 실감 나게 이야기하자 놀라서 입을 떡 벌린 채 그의 말에 귀 기울였다.

　스노우볼의 풍차 설계도는 몇 주 만에 완성되었다. 기계 장치에 관한 세부 사항은 대부분 존스 씨가 읽던 책 세 권, 《주택에 관한 1000가지 유용한 정보》, 《누구나 벽돌공이 될 수 있다》, 《초보자를 위한 전기 설비》를 참고했다. 스노우볼은 한때 인공 부화장으로 쓰였던 헛간 하나를 서재로 사용했는데, 바닥에 매끄러운 널빤지가 깔려 있어 그 위에서 도면을 그리기가 적당한 곳이었다. 스노우볼은 그곳에 한번 들어가면 몇 시간을 틀어박혀 있었다. 책을 펼쳐 돌로 눌러놓고 앞발굽 사이에 분필을 끼우고는 흥분에 못 이겨 코를 킁킁거리면서 날렵하게 이리저리 움직이며 선을 쓱쓱 그려나갔다. 그의 계획이 점점 크랭크와 톱니바퀴들로 복잡하게 채워진 설계도가 되어 바닥을 절반이 넘게 뒤덮자, 동물들은 뭐가 뭔지 도통 이해할 순 없었지만 큰 감동을 받았다. 모든 동물이 적어도 하루에 한 번은 스노우볼이 그린 설계 도면을 보러 왔다. 심지어 암탉들과 오리들도 찾아와 분필로 그려진 도면을 밟지 않고 구경하느라 애를 먹었다. 오직 나폴레옹만 냉담한 태도를 보였다. 나폴레옹은 애초부터 풍차 건설에 반대한다고 공공연하게 말했었다. 그러던 어느 날, 나폴레옹이 난데없이 도면을 검토하겠다며 찾아왔다. 나폴레옹은 헛간 안을 터벅터벅 돌아다니면서 설계도를 찬찬히 훑어보다가 도면에 코를 박고 두어 번 킁킁 냄새를 맡더니 잠시 그 자리에 서서 도면을 째려보았다. 그러다 갑자기 한쪽 다리를 들어 올려 설계도에 오줌을 갈기고는 한마디 말도 없이 나가버렸다.

농장 전체가 풍차 건설 문제를 놓고 의견이 심하게 갈렸다. 스노우볼 역시 풍차 건설이 어려운 작업이라는 사실을 부인하지는 않았다. 돌을 날라 벽을 세워야 했고, 풍차 날개를 만들어야 했으며, 그다음에는 발전기를 설치하고 전선을 연결해야 했다(스노우볼은 발전기와 전선을 어떻게 구할지에 대해서는 언급하지 않았다). 그러면서도 스노우볼은 일 년 안에 풍차 건설을 끝마칠 수 있다고 주장했다. 풍차가 완성되면 노동을 덜어주어 일주일에 사흘만 일하면 될 거라고 장담했다. 반대로 나폴레옹은 지금 가장 시급한 문제는 식량 생산을 늘리는 일인데, 풍차 건설에 시간을 허비한다면 모두 굶어 죽게 될 거라고 주장했다. 마침내 동물들은 두 파로 나뉘어 각각 '스노우볼에게 투표하여 주 삼일 노동을!'과 '나폴레온에게 투표하여 가득 찬 여물통을!'이라는 슬로건을 내걸었다. 벤저민만 유일하게 어느 편에도 서지 않았다. 그는 식량이 더욱 풍족해질 것이라는 주장도, 풍차가 노동을 덜어줄 것이라는 주장도 믿지 않았다. 단지 풍차가 있든 없든 예전과 마찬가지로 삶은 계속 고될 것이라고 말했다.

풍차 건설을 두고 벌어진 논쟁 외에도 농장 방위 문제도 있었다. 인간들이 '외양간 전투'에서 패배했지만 다음번에는 작정하고 다시 공격해 와 존스 씨에게 농장을 넘겨주려 할 거라는 것쯤은 충분히 예측이 가능했다. 인간이 패배했다는 소식이 근방에 쫙 퍼지자 근처 농장 동물들이 여느 때보다 다루기 힘들어졌기 때문에 인간들에게는 동물농장을 다시 공격해야 할 이유가 하나 더 늘었다. 늘 그러했듯 스노우볼과 나폴레온은 이 문제에 대해서도 의견이 엇갈렸다. 나폴레온의 주장을 따르면 총기를 입수하여 동물들이 사용하는 방법을 익혀야 했고, 스노우볼의 주장을 따르면 더 많은 비둘기를 파견하여 다른 농장에 있는 동물들이 반란을 일으키도록 부추겨야 했다. 나폴레온은 동물들이 스스로 방어할 수 없다면 결국에는 정복당하고 말 거라고 주장했고, 스노우볼은 곳곳에서 반란이 일어난다면 동물들이 스스로 방어할 필요가 없어질 거라고 주장했다. 동물들은 처음에는 나폴레온이 하는 말에 귀를 기울이다가도 나중에는 스노우볼이 하는 말에 귀 기울였지만, 누구의 생각이 옳은지 도통 판단이 서질 않았다. 사실은 평소에도 나폴레온이 말을 할 때는 나폴레온이 옳은 것 같았고, 또 스노우볼이 말을 할 때는 스노우볼이 옳은 것 같았다.

마침내 스노우볼이 도면을 완성했다. 다음 일요일에 열리는 회의에서 풍차 건설 여부를 투표에 부쳐 결정하기로 했다. 동물들이 모두 큰 헛간에 모이자 스노우볼이 자리에서 일어나 간간이 들려오는 양들 울음소리에 방해받으면서도 풍차 건설을 해야 하는 이유를 설명했다. 곧이어 나폴레온이 반박하기 위해 자리에서 일어났다. 나폴레온은 매우 차분한 목소리로 풍차 건설은 아주 터무니없는 일이므로 찬성표를 던지는 동물이 없길 바란다고 말하고는 다시 자리에 앉았다. 나폴레온의 발언은 30초도 채 걸리지 않았고 자신의 연설이 동물들에게 어떤 반응을 불러일으킬지에 대해서 아무런 관심이 없는 것 같았다. 그러자 스노우볼이 자리에서 일어나 다시 떠들어대기 시작하는 양들에게 조용히 하라고 소리를 지르고는 풍차 건설을 지지해달라고 열렬히 호소하기 시작했다. 그때까지 동물들의 의견은 거의 반반으로 나뉘었지만 스노우볼의 달변은 순식간에 동물들의 마음을 사로잡았다. 스노우볼은 동물들의 어깨에서 비윤리적인 노동이 사라진 동물농장의 미래를 뛰어난 언변으로 생생하게 묘사했다. 스노우볼의 상상력은 이제 볏짚 절단기와 사탕무 절단기 수준을 훨씬 넘어서고 있었다. 그는 전기로 탈곡기, 쟁기, 써레, 롤러, 수확기와 바인더를 가동할 수 있으며 모든 축사에 개별 전등을 공급하는 것 외에도 냉·온수 시설과 난방기를 제공할 수 있다고 말했다. 스노우볼이 연설을 마쳤을 때는 투표 결과가 어떻게 나올지 분명해 보였다. 그러나 바로 그 순간 나폴레옹이 자리에서 일어나 불쾌한 눈초리로 스노우볼을 째려보더니 이전까지 아무도 들어본 적이 없는 날카로운 소리를 꽥 내질렀다.

그러자 밖에서 사납게 짖어대는 소리가 들리더니 징이 박힌 목걸이를 한 커다란 개 아홉 마리가 헛간으로 달려들어왔다. 개들은 곧장 스노우볼을 향해 달려들었고 스노우볼은 자리에서 벌떡 일어나 개들의 이빨을 아슬아슬하게 피했다. 그는 잽싸게 문밖으로 피했고 개들은 스노우볼의 뒤를 쫓았다. 너무 놀라고 겁에 질려 말문이 막힌 동물들은 문 쪽으로 몰려가 추격전을 지켜보았다. 스노우볼은 큰길로 이어진 기다란 목초지를 가로질러 내달렸다. 돼지가 낼 수 있는 전속력으로 달렸어도, 개들은 금세 스노우볼의 발뒤꿈치까지 바짝 따라붙었다. 갑자기 스노우볼이 미끄러져 넘어졌고 개들에게 붙잡힐 것만 같았다. 그 순간 그는 다시 일어나 조금 전보다 더 빠르게 달렸고 개들은 다시 그를 뒤쫓기 시작했다. 개 한 마리가 스노우볼의 꼬리를 물 뻔했으나 스노우볼이 제때 꼬리를 흔들어 가까스로 위기를 모면했다. 그는 더욱 죽을힘을 다해 달렸고 몇 센티미터 간격을 두고 울타리 구멍 사이로 빠져나가 모습을 감추었다.

겁에 질린 동물들은 아무 말도 못 하고 살금살금 헛간으로 돌아왔다. 곧 개들도 돌아왔다. 처음에는 그 개들이 어디에서 나타났는지 아무도 몰랐지만 나폴레온이 새끼 때부터 어미한테서 떼어놓고 남몰래 키워온 강아지였음이 곧 드러났다. 아직 다 자란 것은 아니었지만 개들은 몸집이 크고 늑대처럼 사나워 보였다. 개들은 나폴레온 곁을 떠나지 않았다. 예전에 다른 개들이 존스 씨에게 그랬던 것처럼 그들은 나폴레온을 향해 꼬리를 흔들어댔다.

나폴레온은 개들을 거느리고 예전에 메이저 영감이 연설했던 연단에 올라섰다. 나폴레온은 이제부터 일요일 아침에 열리던 회의는 중단한다고 발표했다. 회의는 불필요하며 시간 낭비라고 했다. 또한 앞으로 농장 운영에 관한 모든 문제는 자신의 지휘 아래에 돼지들로 구성된 특별위원회에서 결정할 것이라고 했다. 위원회의 회의는 비공개로 열릴 것이며 결정 사항은 나중에 동물들에게 전달될 것이라고 했다. 여전히 동물들은 일요일 아침마다 모여서 깃발에 경례하고 〈영국의 짐승들〉을 합창한 후에 그 주에 할 일을 지시받겠지만 더이상 토론은 없을 거라고 했다.

동물들은 스노우볼의 추방으로 충격을 받은 데다 나폴레옹의 말을 듣고 놀라움을 금치 못했다. 그들 중 몇몇은 적당한 말이 떠올랐다면 항의를 했을 것이다. 복서마저 막연한 불안감에 휩싸였다. 복서는 귀를 뒤로 젖히고 갈기를 여러 차례 흔들면서 생각에 집중하려고 애썼지만 머릿속에서 할 말이 전혀 떠오르지 않았다. 그나마 돼지 중에는 자기 생각을 분명히 표현하는 이들이 있었다. 앞줄에 앉아 있던 젊은 식용 돼지 네 마리가 반감을 표하며 날카로운 목소리로 꽥꽥 소리를 지르더니, 네 마리가 자리에서 한꺼번에 벌떡 일어나 한목소리로 항의하기 시작했다. 그러자 갑자기 나폴레옹 주위에 앉아 있던 개들이 낮은 소리로 으르렁거리며 위협했고, 돼지들은 입을 다물고 다시 자리에 앉았다. 이때 양들이 큰 목소리로 '네 발은 좋고, 두 발은 나쁘다!'라고 십오 분가량 계속 외쳐대는 바람에 토론할 기회를 완전히 놓치고 말았다.

그 후에 스퀼러는 농장을 돌아다니며 동물들에게 새로운 협의 사항에 대해 설명했다.

"동무들." 스퀼러가 말했다. "여기 있는 여러분 모두는 희생을 무릅쓰고 중책을 떠맡은 나폴레온 동무에게 고마워하고 있을 거로 생각하오. 동무들, 지도자의 위치가 즐거울 거로 생각지 마시오! 오히려 그 자리는 막중한 책임감이 따른다오. 나폴레온 동무만큼 모든 동물이 평등하다고 확신하는 이는 없을 거요. 나폴레온 동무는 여러분 스스로 결정을 한다면 더없이 기뻐할 거요. 하지만 말이요, 동무들. 동무들이 그릇된 결정을 내릴 경우 우리는 어떻게 되겠소? 여러분이 모두 알다시피 범죄자나 다름없는 스노우볼이 계획한 터무니없는 풍차 건설을 따르기로 했다면 어떻게 되었겠느냐 말이오?"

"스노우볼은 '외양간 전투'에서 용감하게 싸웠잖아요." 누군가 이의를 제기했다.

"용감한 행동만으로는 충분하지 않소." 스퀼러가 대꾸했다. "충성과 복종이 더욱 중요하오. 그리고 지난 '외양간 전투'에서 스노우볼이 기여한 부분이 지나치게 과장되었다는 사실을 모두가 알게 될 날이 올 거요. 동무들, 규율! 철통같은 규율! 이것이 오늘부터 우리의 구호가 될 것이오. 우리가 한 번이라도 실수하면 적들은 우리를 공격해 올 거요. 동무들, 동무들은 설마 존스가 다시 돌아오기를 바라지는 않겠지요?"

다시금 그의 주장에 아무도 반박할 수 없었다. 당연히 동물들 중에 존스가 돌아오기를 바라는 이는 아무도 없었다.

만약 일요일 토론을 계속하는 것이 존스가 돌아오게 할 우려가 있다면 당연히 토론은 중단되어야 마땅했다. 복서는 이 문제에 대해 골똘히 생각하다가 "나폴레옹 동무가 그렇다고 하면 그건 분명 맞는 거겠죠"라고 자신의 생각을 말했다. 그 이후로 복서는 '내가 더 열심히 일하면 돼'라는 자신의 좌우명에다 '나폴레옹은 항상 옳다'라는 구절을 추가했다.

어느새 날씨가 풀리고 봄갈이가 시작되었다. 스노우볼이 풍차 도면을 그리던 헛간은 굳게 잠겼고 바닥에 그려진 도면도 깨끗이 지워졌을 거라고 생각했다. 매주 일요일 아침 열 시가 되면 동물들은 큰 헛간에 모여 그 주에 해야 할 일을 지시받았다. 이제는 살점이 깨끗이 떨어져 나간 메이저 영감의 두개골을 과수원에서 파내어 게양대 아래에 있는 그루터기 위에 총과 함께 나란히 안치해놓았다. 동물들은 깃발을 게양한 다음, 헛간으로 들어가기 전에 경건한 마음으로 두개골 앞을 일렬로 줄지어 지나가야 했다. 이제 동물들은 예전처럼 함께 모여 앉지 않았다. 나폴레옹, 스퀼러, 그리고 노래와 시를 짓는 데 뛰어난 재주를 가진 미니무스라는 또 한 마리의 돼지가 젊은 개 아홉 마리를 반원 모양으로 둘러 세우고 높은 연단의 앞쪽에 앉았고, 다른 돼지들은 그들 뒤에 자리를 잡았다. 나머지 동물들은 헛간의 중앙 바닥에서 그들을 마주 보고 앉았다. 나폴레옹이 군인처럼 무뚝뚝한 말투로 그 주에 할 일들을 읽고 나면, 동물들은 〈영국의 짐승들〉을 한 번 합창한 후에 해산했다.

스노우볼이 추방된 지 3주가 지난 일요일, 동물들은 결국 풍차를 건설하기로 했다는 나폴레온의 선언을 듣고 다소 놀랐다. 나폴레온은 마음을 바꾸게 된 어떤 이유도 설명해주지 않은 채, 단지 추가되는 과업은 매우 힘든 일이 될 것이며 식량 배급량을 줄여야 할지도 모른다고 동물들에게 경고할 뿐이었다. 하지만 풍차 건설 계획은 이미 하나에서 열까지 빈틈없이 준비되어 있었다. 돼지들로 구성된 특별위원회가 3주 전부터 계획을 세웠던 것이다. 여러 가지 다른 개선책을 포함한 풍차 건설은 두 해 정도 걸릴 것으로 내다보았다.

그날 저녁에 스퀼러는 다른 동물들에게 사실 나폴레온은 풍차 건설에 반대하지 않았다고 은밀하게 설명해주었다. 오히려 그와 반대로, 풍차 건설은 나폴레온이 주장했던 일이며 한때 인공 부화장으로 쓰였던 헛간 바닥에 그려진 도면도 사실은 스노우볼이 나폴레온의 서류에서 훔쳐간 것이라고 했다. 사실 풍차는 나폴레온의 창작품이라는 말이었다. 그러자 누군가 그러면 나폴레온은 그때 왜 그렇게 풍차 건설을 강경하게 반대했느냐고 물었다. 스퀼러는 아주 교활한 표정을 짓더니 그것이 바로 나폴레온 동무의 계책이었다고 대답했다. 단지 나폴레온은 위험한 동물이며 좋지 않은 영향을 끼치는 스노우볼을 쫓아내기 위한 묘책으로 풍차 건설에 반대하는 것처럼 보이게 굴었다는 것이다. 이제는 스노우볼을 추방했기 때문에 풍차 건설이 방해받지 않고 추진될 수 있을 거라고 했다. 스퀼러는 그것이 바로 전략이라고 말했다. 스퀼러는 주위를 뛰어다니며 신나게 웃고 꼬리를 흔들면서 몇 번이나 "전략이오! 동무들. 그게 바로 전략이란 말이오!"라고 되풀이했다. 동물들은 그 말이 무슨 뜻인지 정확하게 이해할 수 없었지만, 스퀼러가 워낙 설득력 있게 말하는 데다 함께 있는 개 세 마리가 몹시 위협적으로 으르렁거려서 더 이상 질문 없이 스퀼러의 해명을 받아들이기로 했다.

6장

    동물들은 그 해 내내 노예처럼 일했다. 하지만 일을 하면서도 행복해했고 노동과 희생을 마다하지 않았다. 자신들이 하는 일은 모두 자신과 후손을 위한 것이지, 게으르고 도둑질을 일삼는 인간 족속들을 위한 것이 아니라는 사실을 잘 알고 있었기 때문이었다.

    봄과 여름에 걸쳐 동물들은 일주일에 60시간을 일했고, 8월이 되자 나폴레옹은 앞으로 일요일 오후에도 일을 해야 한다고 발표했다. 일요일 오후의 추가 노동은 전적으로 자원에 맡기지만, 참여하지 않는 동물은 누구든 식량 배급을 예전의 절반으로 줄인다고 했다. 그렇게 일을 많이 했는데도 몇 가지 사업은 손도 못 댄 채 남겨둘 수밖에 없었다. 수확은 지난해에 비해 조금 줄었고 초여름에 씨종자를 뿌렸어야 할 밭 두 마지기는 밭갈이를 제때 마치지 못해 아무것도 심지 못하고 말았다. 다가올 겨울나기가 고달프리라 예상되었다.

풍차 건설 사업에는 뜻밖의 어려움들이 뒤따랐다. 농장에는 좋은 석회암 채석장이 있었고 헛간 한 곳에서 상당량의 모래와 시멘트가 발견되어 건설에 필요한 자재들은 다 준비되어 있었다. 먼저 동물들에게 닥친 첫 난제는 돌을 어떻게 하면 알맞은 크기로 쪼개는가 하는 것이었다. 곡괭이와 쇠지레를 이용하는 수밖에 없는데 동물들은 뒷다리로 설 수 없기 때문에 그런 연장은 무용지물이었다. 몇 주일 헛수고를 한 끝에 누군가가 중력을 이용해보자는 그럴듯한 아이디어를 내놓았다. 채석장에는 너무 커서 쓸모가 없는 큰 돌들이 널려 있었다. 동물들은 큰 돌을 밧줄로 묶고 비탈길로 죽을힘을 다해 채석장 꼭대기까지 느릿느릿 끌고 올라가서는 그 돌을 꼭대기에서 아래로 굴러 떨어뜨려 산산조각이 나게 깨뜨렸는데, 소, 말, 양 할 것 없이 밧줄을 잡을 수 있는 동물은 모두 동원되었고 급박한 순간에는 돼지들까지도 합세했다. 깨진 돌을 운반하는 일은 비교적 쉬운 편이었다. 말들은 수레에 돌을 가득 실어 날랐고, 양들은 한 조각씩 끌고 갔다. 뮤리엘과 벤저민도 낡은 이륜마차를 끌어 돌을 나르며 자기 몫을 했다. 늦여름이 되었을 즈음에 돌은 충분히 모였고 돼지들의 감독 아래 공사를 시작했다.

그러나 그 작업은 느리고 고된 과정이었다. 겨우 돌덩이 하나를 채석장 꼭대기까지 끌고 가는데 꼬박 하루가 걸린 적도 종종 있었고 가끔은 벼랑 끝에서 밀어 떨어뜨린 돌이 제대로 깨지지 않은 적도 있었다. 만약 복서가 없었더라면 아무 일도 하지 못했을 것이다. 복서 혼자의 힘이 다른 동물들의 힘을 모두 합친 것과 맞먹는 듯 보였다. 끌고 오르던 바위가 미끄러지기라도 할 때면 밧줄을 끌던 동물들이 절망적인 비명을 질러대며 질질 끌려 내려가곤 했는데, 그때마다 혼신의 힘으로 버텨 구르는 바위를 멈추게 하는 이가 바로 복서였다. 숨을 헐떡이며 미끄러지지 않도록 발굽으로 땅을 단단히 밟고 커다란 옆구리는 땀이 흥건한 채, 한 발 한 발 힘겹게 비탈길을 오르는 복서의 모습을 보고 동물들은 감탄해 마지않았다. 이따금 클로버는 그런 복서에게 너무 무리하지 말라고 충고했지만 복서는 듣지 않았다. 복서에게는 자신의 두 가지 격언인 '내가 더 열심히 일하면 돼'와 '나폴레옹은 언제나 옳다'로 모든 문제를 충분히 해결해내는 듯했다. 복서는 아침에 남들보다 삼십 분 먼저 일어나던 것을 앞으로는 사십오 분 일찍 깨워달라고 젊은 수탉에게 부탁했다. 그리고 요즘에는 얼마 안 되는 여가 시간이라도 생기면 혼자 채석장으로 가서 깨진 돌을 한 수레 싣고 풍차 공사장에다 끌어다 놓았다.

일은 고됐지만 그 해 여름 동안 동물들의 삶은 그런대로 나쁘지 않았다. 존스 시절보다 식량이 넉넉하지는 않았지만 최소한 그때보다 적지도 않았다. 사치스러운 인간을 다섯 명이나 먹여 살릴 필요 없이 동물들만 먹고살면 되는 것은 보통 큰 이점이 아니어서, 웬만한 실패가 있지 않는 이상 전반적인 상황은 더 좋았다. 또한 동물들이 일하는 방식은 여러 면에서 인간보다 더 효율적이었고 노동력도 더 많이 절약할 수 있었다. 예를 들어 잡초 뽑기 같은 일은 인간이라면 도저히 불가능할 정도로 꼼꼼하게 했다. 게다가 이제는 도둑질하는 동물이 없었기 때문에 목초지와 경작지 사이를 담을 쌓아 막을 필요가 없었고 덕분에 울타리며 문들을 유지·보수하는 데 드는 상당한 노동을 절약할 수 있었다. 그렇지만 여름을 지내면서 예상하지 못했던 여러 가지 부족함을 느끼게 되었다. 파라핀 기름, 못, 끈, 개 사료용 비스킷, 편자에 쓸 무쇠가 필요했는데 이 중 어느 것도 농장에서 생산할 수 있는 물건들이 아니었다. 얼마 후면 씨앗과 인공 비료가 필요할 것이고 거기다 여러 가지 도구들을 비롯하여 풍차에 쓸 기계들도 필요하게 될 것이다. 하지만 이것들을 어떻게 구할 수 있을지 아무도 알지 못했다.

어느 일요일 아침, 동물들이 작업 지시를 받기 위해 헛간에 모였을 때 나폴레온은 새로운 정책을 결정했다고 발표했다. 지금부터 동물농장은 인근 농장들과 거래를 시작하게 되

있는데, 물론 이것은 상업적 목적을 위해서가 아니라 긴급하게 필요로 하는 물자들을 얻기 위한 정책이라는 내용이었다. 나폴레온은 풍차 건설에 필요한 물품을 조달하는 것이 다른 어떤 것보다 우선되어야 한다고 말했다. 그래서 건초 한 더미와 올해 수확한 밀을 조금 팔려고 하는 중이고, 나중에 돈이 더 필요하면 윌링던의 시장에 달걀을 내다 팔아 보태겠다고 했다. 그러면서 암탉들은 그 같은 희생을 풍차 건설을 위한 특별 공헌으로 알고 환영해야 할 것이라고 나폴레온은 덧붙였다.

다시 한 번 동물들은 막연한 불안감에 휩싸였다. 절대로 인간들을 상대하지 않는 것, 절대로 거래하지 않는 것, 절대로 화폐를 사용하지 않는 것, 이는 존스를 몰아낸 직후 열렸던 승리감에 찬 첫 회의에서 통과됐던 결의 사항이 아니었던가? 동물들은 모두 그런 결의가 통과됐다고 기억하거나 적어도 기억하고 있다고 생각했다. 나폴레온이 회의를 폐지한다고 했을 때 항의했던 젊은 돼지 네 마리가 머뭇거리며 항의하려 했지만, 개들이 무섭게 으르렁거리는 바람에 곧 입을 다물고 말았다. 그러자 여느 때처럼 양들이 "네 발은 좋고, 두 발은 나쁘다!"라고 외쳤고 순간적으로 어색했던 분위기는 누그러졌다. 나폴레온은 앞발을 들어 조용히 시킨 후, 자기가 이미 필요한 모든 준비를 해놓았다고 말했다. 동물들이 직접 인간들과 접촉하는 것은 분명 바람직한 일이 아니므로 그 일은 전적으로 나폴레온 자신이 책임지겠다는 것이었다. 윌링던에 사는 휨퍼 씨라는 변호사가 동물농장과 외부 세계를 이어주는 중개인 역할을 해주기로 했고, 휨퍼 씨는 나폴레온의 지시를 받기 위해 매주 월요일 아침에 농장을 방문하기로 이미 합의되어 있었다. 나폴레온이 여느 때처럼 "동물농장 만세!"를 외치며 연설을 마치자 동물들은 〈영국의 짐승들〉을 합창한 뒤 해산했다.

그 후 스퀼러가 농장을 한 바퀴 돌면서 동물들의 마음을 달랬다. 스퀼러는 거래를 하지 않는다거나 화폐를 사용하지 않는다는 결의는 통과된 적이 없고, 그런 안건조차 제기된 적이 없다고 동물들을 안심시켰다. 그것은 순전히 상상일 뿐이며 그 발단을 추적해보면 스노우볼이 퍼뜨린 거짓말에서 시작된 것일 거라고 말했다. 몇몇 동물이 여전히 믿을 수 없다는 듯 의심을 하자 스퀼러가 날카롭게 추궁했다. "동무들, 혹시 꿈을 꾼 건 아닌지 확실히 장담할 수 있소? 동무는 그 결의안이 적힌 기록이라도 가지고 있는 거요? 그게 어디 쓰여 있기라도 하냔 말이오?" 결의한 내용이 문서 기록으로 남아 있지 않은 건 사실이었기에 동물들은 자신들이 착각하고 있겠거니 하며 안도했다.

매주 월요일, 합의된 대로 휨퍼 씨가 농장을 방문했다. 휨

퍼는 구레나룻을 기르고 교활해 보이는 인상에 체구가 작은
남자로, 사업 규모는 보잘것없는 변호사였지만 동물농장에
조만간 중개인이 필요할 것이고 수수료도 꽤 괜찮을 것이란
사실을 누구보다도 일찍 간파했을 정도로 예리한 사람이었
다. 동물들은 휨퍼가 농장에 드나드는 것을 두려운 마음으로
지켜보면서 가급적이면 그를 피했다. 하지만 네 발로 선 나
폴레옹이 두 발로 선 인간에게 이래라저래라 명령을 내리는
모습은 동물들에게 자부심을 느끼게 했고, 그로 인해 동물들
은 새로운 조치에 대해 어느 정도 호감을 갖게 되었다. 이제
동물들과 인간의 관계는 예전과 같지 않았다. 물론 동물농장
이 근래에 번창하고 있다 해서 인간들이 동물들에게 가진 증
오심이 사그라든 것은 아니었다. 오히려 전보다 증오심은 더
커졌다. 인간들은 동물농장이 조만간 파산할 것이고, 특히 그
풍차 건설이란 것도 실패로 돌아갈 것이라고 확신했다. 인간
들은 선술집에 모여 앉아 풍차는 완공되기도 전에 무너질 것
이고 설령 완공되더라도 정상적인 작동은 어렵없는 일이라
며 그림까지 그려가며 서로 증명해 보이곤 했다. 하지만 한
편으로는 동물들이 효율적으로 농장을 꾸려가고 있다는 사
실에 자신들도 모르게 일종의 존경심 같은 것을 갖게 되었
다. 인간들이 그 농장을 예전처럼 '장원농장'이라 부르지 않
고 '동물농장'이라는 정식 명칭으로 부르기 시작했다는 것이

그 징후였다. 그리고 농장을 되찾겠다는 꿈을 버리고 다른 곳으로 가버린 존스를 더 이상 옹호하지도 않았다. 동물농장은 중개인 휨퍼를 통해서 하는 거래 외에는 아직도 외부 세계와 직접적인 접촉이 없었다. 다만 나폴레옹이 폭스우드 농장의 필킹턴 씨와 핀치필드 농장의 프레더릭 씨 중 어느 한 쪽과 거래 관계를 맺으려 하고 있으나, 결코 두 사람과 동시에 거래하는 일은 없을 거라는 소문이 끊임없이 나돌았다.

바로 이 무렵, 돼지들이 갑자기 존스가 살던 농가로 들어가 자기네 거처로 삼았다. 다시금 동물들은 어떤 동물도 집 안에 들어가 살아서는 안 된다는 결의안이 초기에 통과됐던 사실을 기억해냈지만, 이번에도 스퀼러가 나서서 이 경우는 그렇지 않다고 동물들을 납득시켰다. 스퀼러는 농장의 두뇌 역할을 하는 돼지들이야말로 조용히 일할 곳이 절대적으로 필요하다고 말했다. 또 지도자는(최근 들어 스퀼러는 나폴레옹을 '지도자'라는 칭호로 부르기 시작했다) 권위를 위해 돼지우리보다는 가옥에 거주하는 것이 훨씬 격에 맞다고 말했다. 하지만 돼지들이 식당에서 식사를 하고 응접실을 휴게실로 사용할 뿐 아니라 침대에서 잠을 잔다는 얘기가 들리자 몇몇 동물들은 심기가 불편했다. 복서는 여느 때처럼 "나폴레옹은 항상 옳다"라는 말로 그냥 넘어가려 했지만, 클로버는 침대 사용을 엄격히 제한하는 계명을 기억하고 있다고 생각하고 헛간으로 가서 벽에 쓰여 있는 '일곱 계명'을 읽어보려 했다. 하지만 클로버가 읽을 수 있는 건 알파벳 낱글자뿐이라서 뮤리엘을 데리고 왔다.

"뮤리엘." 클로버가 말했다. "저기 저 네 번째 계명 좀 읽어줘. 침대에서 자면 안 된다고 쓰여 있는 거 아니니?

뮤리엘은 약간 어려운지 더듬거렸다.

"이렇게 쓰여 있어. 어떤 동물도 '시트가 깔린' 침대에서 자면 안 된다라고." 뮤리엘이 마침내 계명을 읽어냈다.

참 이상하게도 클로버는 네 번째 계명에 시트가 언급되어 있다는 걸 기억하지 못했다. 하지만 벽에 그렇게 쓰여 있었기 때문에 그것은 틀림없는 사실이었다. 때마침 개 두세 마리를 거느리고 지나가던 스퀼러가 이 모든 문제를 나름대로 정리해주었다.

"동무들은 이미 들었나보군?" 스퀼러가 말을 이었다. "우리 돼지들이 요즘 농가 침대에서 잔다는 얘기 말이오. 헌데 침대에서 자면 안 되는 이유라도 있소? 설마 동무들은 침대에서 자면 안 된다는 규칙이 있다고 생각하는 건 아닐 테지요? 침대는 그저 잠을 자는 곳일 뿐이오. 우리에 있는 짚 더미도 엄밀히 말하자면 침대인 거지. 규칙이 금지하고 있는 건 바로 인간이 발명한 시트요. 우리는 농가 침대에서 시트를 걷어내고 담요를 깔고 덮소. 이 또한 물론 아주 편안한 침대지! 하지만 말이오, 내가 동무들에게 장담하건데 요즘 우리가 하는 정신노동을 생각해보면 그 정도의 편안함도 충분치가 않소. 동무들, 설마 우리가 그 정도의 휴식도 취하지 못하게 하려는 건 아닐 테지요? 우리 돼지들이 너무 피곤해서 의무를 다하지 못하게 하려는 건 아니잖소? 여러분 중 누구도 존스가 되돌아오기를 바라는 것도 아닐 테고 말이오?"

물론 절대로 존스가 되돌아오기를 바라는 게 아니라며 동물들은 스퀼러에게 이 점에 대해 즉시 안심시켰고, 돼지들이 농가의 침대에서 자는 것을 아무도 문제 삼지 않았다. 그로부터 며칠 뒤, 돼지들은 앞으로 다른 동물들보다 아침에 한 시간 늦게 일어나기로 한다고 발표했을 때도 동물들은 아무런 불평이 없었다.

가을로 접어들 무렵 동물들은 지쳐 있었으나 마음은 행복했다. 힘든 일 년이었고 건초와 곡식 일부를 팔고 난 뒤라 겨우살이 식량도 그다지 넉넉하지 않은 형편이었지만 풍차에 대한 희망이 그 모든 것을 충분히 보상해주었다. 풍차는 이제 절반쯤 지어졌다. 추수를 마친 뒤 얼마 동안 맑고 건조한 날씨가 계속되었고 동물들은 그 어느 때보다 열심히 일했다. 풍차 건물 벽을 30센티미터씩이라도 더 높일 수 있다면 온종일 채석장과 공사장 사이를 오가며 돌덩이를 날라도 그만한 보람이 있다고 생각했다. 복서는 심지어 밤중에도 나와서 중

추中秋 무렵의 보름달 빛 아래 한두 시간씩 혼자 일하곤 했다. 동물들은 짬이 나면 반쯤 완공된 풍차 주위를 빙빙 돌면서 튼튼하게 우뚝 서 있는 풍차의 모습에 감탄을 하기도 하고, 자기들이 그처럼 당당한 건물을 만들어 올릴 수 있었다는 데 스스로 놀라기도 했다. 오직 벤저민 영감만이 열의를 보이지 않을 뿐이었다. 벤저민은 당나귀들은 본래 명이 길다는 수수께끼 같은 말을 입버릇처럼 할 뿐 그 외에 다른 말은 전혀 하지 않았다.

11월이 되자 매서운 남서풍이 휘몰아쳤다. 날씨가 너무 습한 탓에 시멘트를 섞을 수 없어 공사를 잠시 중단해야 했다. 그러던 어느 날 밤, 강풍이 불어닥쳐 농장 축사들을 뒤흔들었고 헛간 지붕의 기와 몇 장이 떨어져 날아가 버렸다. 암탉들은 먼 곳에서 대포가 발사되는 소리를 듣는 꿈을 동시에 꾸고는 공포에 휩싸인 채 잠에서 깨어 꼬꼬댁거렸다. 아침이 되어 동물들이 밖으로 나와 보니 깃발 게양대가 바람에 부러져 있었고 과수원 아래쪽의 느릅나무 한 그루는 무 뽑히듯 뿌리째 뽑혀 쓰러져 있었다. 잠시 후, 이 모습을 보던 동물들의 입에서 절망적인 탄식이 터져 나왔다. 눈앞에 무서운 광경이 펼쳐져 있었다. 풍차가 무너진 것이다.

동물들은 일제히 풍차가 있던 곳으로 우르르 달려갔다. 평소에는 좀처럼 뛰지 않던 나폴레옹이 앞장서서 달려갔다. 그랬다. 모두가 힘들게 일했던 결과물이 바닥까지 폭삭 주저앉아 버렸고, 그들이 그토록 힘들여 깨고 운반했던 돌들이 사방에 흩어져 있었다. 동물들은 모두 말문이 막힌 채 무너져 내린 돌무더기를 슬픈 눈으로 바라보았다. 나폴레온은 아무런 말도 없이 앞뒤로 왔다 갔다 하면서 이따금 땅에 코를 대고 킁킁거리며 냄새를 맡았다. 나폴레온의 꼬리가 빳빳해지며 좌우로 재빠르게 움직였는데 이는 두뇌 활동이 격렬히 일어나고 있다는 신호였다. 나폴레온은 무엇인가를 결심한 듯 갑자기 걸음을 멈추었다.

"동무들." 나폴레온이 낮은 목소리로 말했다. "이게 다 누구의 소행인지 아시오? 간밤에 숨어들어 우리 풍차를 무너뜨린 놈이 누군지 아느냔 말이오! 그놈은 바로 스노우볼이오!" 나폴레온의 목소리가 갑자기 천둥처럼 울려 퍼졌다. "이건 스노우볼의 짓이오. 그 반역자는 수치스럽게 추방당한 것에 순전히 앙심을 품고 우리 일을 망쳐놓으려 어둠을 틈타 여기에 숨어들어 우리가 근 일 년을 공들여 세운 풍차를 파괴한 거요. 동무들, 나는 지금 이 자리에서 스노우볼에게 사형을 선고하는 바이오. 법의 심판에 따라 누구든 그를 처단하는 자에게는 '제2급 동물 영웅' 훈장과 사과 10킬로그램을 포상으로 줄 것이고 생포해 오는 자에게는 사과 20킬로그램을 주겠소!"

동물들은 스노우볼이 이런 짓을 저지를 수 있다는 사실에 이루 말할 수 없는 충격을 받았다. 분노의 소리가 터져 나왔고 모두들 스노우볼이 다시 나타나면 어떻게 잡을지 궁리하기 시작했다. 그 순간 언덕으로부터 조금 떨어진 풀밭에서 돼지의 발자국이 발견되었다. 남겨진 발자국은 겨우 몇 미터 이어지고는 끊겨 있었지만 울타리 방향 쪽으로 향해 있었다. 나폴레온은 깊이 숨을 들이쉬며 발자국 냄새를 맡더니 스노우볼의 것이 틀림없다고 말했다. 나폴레온은 스노우볼이 분명 폭스우드 농장 쪽에서 넘어 들어왔을 것이라는 의견을 내놓았다.

"동무들, 더 이상 지체할 수 없소." 발자국 조사가 끝나자 나폴레온이 말했다. "우리에겐 마무리 지어야 할 일이 있소. 오늘 아침 우리는 풍차 재건을 시작해서 비가 오건 날이 좋건 올겨울 내내 공사를 계속할 것이오. 그 가증스러운 반역자에게 우리 일을 그렇게 쉽게 망치지는 못할 거라는 사실을 가르쳐줍시다. 동무들, 우리의 계획은 변하지 않을 것이며 성공리에 수행하는 날까지 일은 계속된다는 걸 기억해두시오! 전진합시다, 동무들! 풍차 만세! 동물농장이여, 영원하라!"

7장

혹독한 겨울이었다. 폭풍우가 몰아치고 나서 뒤이어 눈과 진눈깨비가 쏟아졌고 이내 꽁꽁 얼어붙어 2월 중순이 되어서도 녹지 않았다. 동물들은 풍차 재건에 온 정성을 쏟았다. 외부 세계가 자신들을 지켜보고 있고 풍차가 제때에 완공되지 않으면 동물농장을 시기하는 인간들이 그럴 줄 알았다는 듯 즐거이 환호하리라는 것을 잘 알고 있었기 때문이었다.

악의에 찬 인간들은 스노우볼이 풍차를 무너뜨렸다는 사실을 믿을 수 없다는 듯 행동했다. 그리고 벽을 너무 얇게 쌓았기 때문에 무너졌다고 말하고 다녔다. 동물들은 그렇지 않다는 것을 알고 있었지만 그래도 이전에 45센티미터였던 벽 두께를 이번에는 90센티미터로 늘리기로 했다. 이것은 예전보다 돌을 그만큼 더 많이 모아야 한다는 뜻이기도 했다. 채석장에는 눈 더미가 쌓여 한동안 아무 일도 할 수 없었다. 뒤

이어 춥고 건조한 날씨가 되어 작업을 다소 성공적으로 진행해내기는 했지만, 너무도 고통스러운 작업이었고 동물들은 이전에 품었던 희망을 느낄 수 없었다. 늘 춥고 배가 고팠다. 복서와 클로버만이 희망을 잃지 않았다. 스퀄러는 작업의 기쁨과 노동의 위대함에 대해 거창한 연설을 했지만, 다른 동물들은 스퀄러의 연설보다는 복서의 엄청난 힘과 그가 한결같이 외치는 "내가 더 열심히 일하면 돼!"라는 말에서 더 큰 힘을 얻었다.

1월이 되자 식량이 바닥나기 시작했다. 곡물 배급량은 크게 줄었고 대신 이를 보충하기 위해 감자를 더 나눠 주겠다는 발표가 있었다. 하지만 수확한 감자를 저장할 때 그 위에 흙을 충분히 덮어주지 않아 구덩이 속에 있던 감자들이 대부분 얼어버렸다는 사실이 밝혀졌다. 감자들은 물렁물렁해지고 색이 변해 그나마도 추려서 먹을 만한 것이 얼마 없었다. 동물들은 몇 날 며칠을 왕겨와 사탕무만 먹고 지낼 때도 있었다. 굶주림이 코앞까지 다가와 빤히 그들을 노려보고 있는 것 같았다.

하지만 농장의 이런 사정은 외부 세계가 알지 못하도록 숨겨야 했다. 풍차가 붕괴되었다는 소식에 힘을 얻은 인간들은 새로운 거짓말을 지어내 퍼뜨리기 시작했다. 또다시 그들은 농장 동물들이 굶주림과 질병으로 죽어가고 있으며 싸움을 일삼고 서로 잡아먹으며 심지어 어린 새끼들을 잡아먹는 일까지 벌어진다는 흉흉한 이야기를 지어냈다. 나폴레온은 농장의 식량 사정이 외부에 알려질 경우, 어떤 좋지 않은 결과가 올 수 있다는 걸 잘 알고 있었기 때문에 중개인 휨퍼 씨를 이용해서 이와 반대되는 소문을 퍼뜨리기로 작정했다. 지금까지 동물들은 매주 월요일에 한 번씩 농장을 방문하는 휨퍼와 접촉할 기회가 거의 없거나 전혀 없었다. 그러나 이제 나폴레온은 주로 양들을 포함한 몇몇 동물을 선발하여 휨퍼가 듣는 자리에서 자연스럽게 요새 식량 배급량이 늘었다는 얘기를 하라고 지시했다. 또 나폴레온은 광에 있는 거의 텅텅 빈 식량 통들을 모래로 가득 채우고 그 위에 아직 조금 남은 알곡과 곡식 가루를 살짝 덮어두라고 명령했다. 나폴레온은 적당한 구실을 만들어 휨퍼를 광으로 데리고 가 식량이 가득 담긴 통들을 볼 수 있게 했다. 휨퍼는 속임수에 넘어가서 동물농장은 식량이 전혀 부족하지 않다고 떠들고 다녔다.

하지만 1월 말 무렵이 되자 곡물을 어디서든 더 구해오지 않으면 안 된다는 것이 분명해졌다. 그 무렵 나폴레온은 공식 석상에는 좀체 나타나지 않았고 험상궂은 개들이 문이란 문은 모두 지키고 서 있는 농가에 틀어박혀 지냈다. 모처럼 나폴레온이 집 밖으로 나올 때면 중요한 행차라도 하듯 개 여섯 마리의 호위를 받았다. 개들은 나폴레온을 바싹 에워싸고 호위하면서 누구든 가까이 접근하면 으르렁거렸다. 심지어 나폴레온은 일요일 아침에도 모습을 보이지 않았고 다른 돼지 중 하나, 주로 스퀼러를 시켜 명령을 전달했다.

어느 일요일 아침, 스퀼러는 때마침 알을 낳기 시작한 암탉들에게 달걀을 모두 내놓으라고 통보했다. 나폴레온이 휨퍼를 통해 매주 달걀 400개를 팔기로 계약한 것이다. 그 돈이면 농장 형편이 풀리는 여름까지 충분한 알곡과 식량을 구입할 수 있다고 했다.

통보를 받은 암탉들은 고함을 내지르며 대들었다. 언젠가 이런 희생이 필요할지도 모른다는 경고를 일찍이 들은 적이 있었지만, 실제로 그런 사태가 벌어지리라고는 꿈에도 생각지 못했다. 암탉들은 봄에 병아리가 부화할 수 있도록 이제 막 알을 품으려고 준비를 하던 참이었다. 그런데 지금 알들을 앗아가는 건 병아리를 살해하는 행위나 다름없다고 항의했다. 존스가 추방된 이래 처음으로 동물농장에는 반란 비슷한 사건이 일어났다. 나폴레온의 요구를 물리치기 위해 검은색 미노르카종인 젊은 암탉 세 마리의 지휘 아래 암탉들은 단결하여 행동을 취했다. 암탉들이 선택한 방법은 서까래로 날아올라가 그곳에서 알을 낳아 바닥으로 떨어뜨려 깨뜨리는 것이었다. 나폴레온은 신속하고 사정없이 이에 대응했다. 암탉들에게 배급하던 식량을 중지하도록 명령했고 어떤 동물이건 암탉에게 곡식 한 톨이라도 주었다가는 즉각 사형에 처한다고 선포했다. 개들은 동물들이 명령에 잘 따르는지 늘 감시했다. 암탉들은 닷새를 버티다가 마침내 항복하고 둥우리로 되돌아갔다. 그사이 암탉 아홉 마리가 죽었다. 죽은 닭들은 과수원에 묻혔는데 콕시듐(오염된 분변을 먹음으로써 걸리는 기생충성 원충으로 가축류의 장에 기생하여 출혈성 설사, 빈혈, 영양장애를 일으킨다 – 옮긴이)에 걸려 죽은 것으로 발표되었다. 휨퍼는 이번 사건에 대해 아무것도 듣지 못했고, 달걀은 계약대로 일주일에 한 번씩 식료품 가게의 마차에 실려 갔다.

그때까지도 스노우볼의 행적은 눈에 띄지 않았다. 스노우볼이 인근의 폭스우드 농장이나 핀치필드 농장 중 한 곳에 숨어 있다는 소문만이 나돌았다. 그 무렵 나폴레온은 이들 두 농장 주인들과의 관계를 예전보다 발전시켰다. 동물농장 마당에는 십 년 전 너도밤나무 숲을 개간할 때 벌목한 목재 더미가 쌓여 있었는데 십 년의 세월이 지나는 동안 목재는 잘 말라 있었다. 휨퍼가 나폴레온에게 그 목재를 팔라고 설득했다. 이웃 농장주 필킹턴 씨와 프레더릭 씨는 그 목재를 몹시 사고 싶어 했다. 나폴레온은 둘 중 누구에게 팔까 망설이며 마음을 정하지 못하고 있었다. 나폴레온이 프레더릭에게 목재를 넘기기로 결정을 거의 내리면 핀치필드에 스노우볼이 숨어 있다는 소문이 들렸고, 반대로 필킹턴 쪽으로 마음이 기울면 폭스우드에 스노우볼이 숨어 있다는 얘기가 들려왔기 때문이다.

그러던 어느 이른 봄날, 놀라운 사실이 알려졌다. 그동안 스노우볼이 밤을 틈타 자주 농장에 몰래 들락날락했다는 것이 아닌가! 동물들은 밤이면 불안해서 도통 잠을 이룰 수가 없었다. 소문에 따르면 스노우볼은 밤마다 농장에 몰래 숨어들어 옥수수를 훔치고 우유 통을 엎고 달걀을 깨뜨리고 묘목을 짓밟고 과일나무 껍질을 이빨로 물어뜯는 등 온갖 못된 짓을 저질렀다고 했다. 그 이후로 무슨 일이든 그르치면 모두 스노우볼의 탓으로 돌리기 일쑤였다. 유리창이 깨지거나 배수구가 막혀도 이내 누군가가 나서서 지난밤 스노우볼이 들어와서 저지른 짓이라고 말했고, 광 열쇠를 잃어버렸을 때도 모두들 스노우볼이 열쇠를 우물에 빠뜨렸다고 믿었다. 심지어 잃어버렸던 열쇠가 곡식 자루 밑에서 발견된 후에도 이상하게 동물들은 계속 그렇게 믿었다. 암소들은 자기들이 자는 동안 스노우볼이 외양간에 숨어들어 젖을 짜 우유를 가져 갔다고 입을 모았다. 겨울 내내 여러 가지 말썽을 피우던 쥐들이 사실은 스노우볼과 한통속이라는 이야기도 나돌았다.

나폴레옹은 스노우볼의 범행을 철저히 조사하겠다고 선포했다. 나폴레옹은 개들을 거느리고 농장의 모든 건물을 돌아다니며 조사에 나섰다. 다른 동물들은 존경을 표하기 위해 일정한 거리를 두고 그 뒤를 따랐다. 나폴레온은 몇 발짝 걷다가 멈추어 서서 스노우볼의 발자국 흔적을 찾아 땅 냄새를 킁킁 맡았다. 나폴레온은 냄새로 다 알 수 있다고 말했다. 나폴레온은 헛간, 외양간, 닭장, 채소밭 할 것 없이 구석구석 냄새를 맡으며 돌아다녔고 가는 곳마다 스노우볼의 흔적을 발견해냈다. 코를 땅에 대고 몇 번을 깊이 들이쉬며 냄새를 맡다가 "스노우볼이야! 그자가 여기에도 왔다 갔어! 분명 그놈의 냄새야!" 하고 큰 소리로 질러댔다. 나폴레온의 입에서 스노우볼이라는 이름이 튀어나올 때마다 개들은 일제히 날카로운 이빨을 드러내며 등골이 오싹한 소리로 무섭게 으르렁거렸다.

동물들은 완전히 겁에 질렸다. 스노우볼은 마치 보이지 않는 유령처럼 허공을 떠다니며 온갖 위험한 일을 저지르고 자신들을 위협하는 것 같았다. 저녁이 되자 스퀼러가 동물들을 소집했다. 스퀼러는 경악스러운 표정으로 중대한 뉴스가 있다고 말했다.

"동무들!" 스퀼러는 신경질적으로 뛰어다니며 소리쳤다. "아주 괘씸한 사실을 알게 되었소. 스노우볼은 핀치필드의 농장주 프레더릭에게 자신을 팔아버렸소. 프레더릭은 지금도 우리를 공격해서 농장을 빼앗아갈 음모를 꾸미고 있는 자요. 그런데 스노우볼이 그 프레더릭의 공격이 시작되면 앞잡이 노릇을 할 것이라 하오. 그리고 그보다 더 골치 아픈 일이 있소. 우리는 그간 스노우볼이 허영과 야심으로 가득 차 동물들을 배신했다고만 생각했었소. 그런데 동무들, 사실은 그게 아니었소. 진짜 이유가 뭔지 아시오? 스노우볼은 처음부터 존스와 한편이었소! 그놈은 그동안 줄곧 존스의 첩자였다이 말이오. 이 사실은 방금 찾아낸, 스노우볼이 남기고 달아난 비밀문서에 다 적혀 있었소. 동무들, 내 생각에는 이것으로 많은 점이 설명된다오. '외양간 전투' 때 스노우볼이 어떤식으로 우리를 패배시키려 했는지 직접 보지 않았소? 다행히 실패했지만 말이오."

　동물들은 이 말을 듣고 놀라 어안이 벙벙했다. 이 말이 사실이라면 이건 풍차를 파괴한 행위보다 훨씬 더 고약한 짓이 아닌가. 하지만 동물들이 스퀄러의 말을 그대로 받아들이는 데에는 약간의 시간이 필요했다. 동물들은 '외양간 전투' 때 스노우볼이 앞장서서 돌격하는 걸 두 눈으로 똑똑히 보았고, 스노우볼이 위기 상황마다 동물들을 고무하고 격려하던 일과 존스가 쏜 총알에 등을 다쳤을 때도 망설임 없이 돌진하던 일 등을 기억하고 있고 적어도 기억하고 있었다고 생각했다. 그런데 그랬던 스노우볼이 존스의 측근이었다니, 도무지 앞뒤가 맞지 않아 납득하기 어려웠다. 좀체 의심하지 않는 복서도 뭐가 뭔지 알 수 없었다. 복서는 앞발을 괴고 앉아 눈을 감고 머리로 생각을 정리하느라 한참을 골몰했다.

"난 믿을 수 없어요." 복서가 말했다. "스노우볼은 '외양간 전투' 때 용감하게 싸웠어요. 내 눈으로 똑똑히 봤어요. 전투가 끝나고 우리가 스노우볼에게 '제1급 동물 영웅' 훈장도 주지 않았습니까?"

"동무, 그건 우리의 실수였소. 사실 스노우볼은 우리가 패배하기를 바라고 있었던 거요. 그건 놈이 남긴 비밀문서에 모두 적혀 있는 사실이고 우리는 이제야 그 진실을 알게 된 거요."

"하지만 부상까지 당하지 않았습니까?" 복서가 다시 말했다. "우리는 모두 스노우볼이 피를 흘리며 뛰어다니는 모습을 똑똑히 봤다고요."

"그것도 놈의 계산된 음모였소!" 스퀼러가 큰 목소리로 말했다. "존스의 총알은 스노우볼을 그냥 살짝 스쳐갔을 뿐이었소. 동무가 읽을 수만 있다면 놈이 직접 쓴 문서를 확인시켜줄 수도 있었을 거요. 결정적인 순간에 후퇴 신호를 보내고 싸움터를 적에게 넘겨주자는 것이 스노우볼의 음모였소. 놈은 성공할 뻔했소. 아니, 우리의 영웅적 지도자인 나폴레온 동무가 아니었다면 스노우볼의 음모는 성공하고 말았을 거요. 존스와 놈의 일꾼들이 마당으로 쳐들어왔을 때 스노우볼이 갑자기 뒤돌아 줄행랑을 쳤고, 많은 동물들이 뒤따라 도망쳤던 걸 여러분은 모두 기억하지 못하는 거요? 공포에 사로잡혀 모두 어쩔 줄을 몰라하는 바로 그때, 나폴레온 동무가 달려 나와 '인간에게 죽음을!' 하고 외치며 존스의 허벅지를 물어뜯었던 것을 여러분은 틀림없이 기억하고 있잖소?" 이렇게 외치면서 스퀼러는 이리저리 뛰어다녔다.

스퀼러가 그때 당시의 전투 장면을 아주 생생하게 묘사하자 동물들은 정말 그때 그런 일이 있었던 것 같기도 했다. 어찌 되었건 그날 위급했던 전투 상황에서 스노우볼이 돌연 뒤돌아 달아났다는 건 동물들도 기억하는 사실이었다. 그러나 복서는 썩 마음이 개운치 않았다.

"나는 스노우볼이 처음부터 반역자였다고는 생각지 않아요." 마침내 복서가 말했다. "그 후에 한 짓은 다르지만요. 적어도 '외양간 전투'를 함께할 때의 스노우볼은 훌륭한 동무였어요."

"우리의 지도자 나폴레온 동무는 단언하셨소." 스퀼러가 아주 천천히 그러나 단호하게 말했다. "스노우볼이 처음부터 존스의 첩자였고, 우리가 반란을 도모하기 훨씬 오래전부터 놈이 앞잡이 노릇을 했다고 단언하셨소."

"아아, 그렇다면 얘기가 다르죠!" 복서가 말했다. "나폴레온 동무가 그렇다고 하면 그건 분명 맞는 거겠죠."

"바로 그게 진정으로 숭고한 정신이오, 동무!" 스퀼러가 목소리 높여 말했는데 스퀼러의 작은 눈이 반짝거리며 복서를 매우 날카로운 시선으로 노려보았다. 스퀼러는 돌아서 나가려다 말고 엄숙하게 한마디 덧붙였다. "나는 우리 농장 동무들이 모두 눈을 크게 뜨고 주변을 잘 살피라고 충고하는 바이오. 이 순간에도 스노우볼의 첩자가 우리들 중에 숨어 있다고 생각될 만한 근거가 있으니!"

그로부터 나흘 후, 오후 늦게 나폴레온은 모든 동물들에게 소집 명령을 내렸다. 모두 모이자 나폴레온은 메달 두 개를 달고(나폴레온은 최근 자기 자신에게 '제1급 동물 영웅' 훈장과 '제2급 동물 영웅' 훈장을 수여했다) 농가에서 나타났다. 덩치 큰 개 아홉 마리가 나폴레온을 에워싸고는 동물들의 등골이 오싹한 정도로 그르렁대며 뛰어다녔다. 무언가 이제 곧 무시무시한 일이 벌어지리라는 걸 예감이나 하듯 동물들은 잠자코 저마다 제자리에 가서 움츠리고 섰다.

나폴레온은 엄한 눈으로 모두를 훑어보더니 갑자기 꽥 하고 높고 날카로운 소리를 크게 내질렀다. 그 순간 갑자기 개들이 앞으로 달려나가 돼지 네 마리의 귀를 덥석 물어 나폴레온의 발치로 질질 끌고 갔고, 돼지들은 피를 흘리면서 고통과 공포를 주체하지 못한 채 꽥꽥 비명을 질러댔다. 피 맛을 본 개들은 한동안 미친 듯이 날뛰었다. 그런데 갑자기 개 세 마리가 복서를 향해 달려들었고 이를 본 동물들은 깜짝 놀랐다. 개들이 덤벼들자 복서는 커다란 발을 들어 그중 한 마리를 공중에서 낚아채 바닥에 내동댕이친 다음 발굽 밑에 깔고 섰다. 개는 살려달라고 처참하게 울부짖었고 다른 개 두 마리는 뒷다리 사이로 꼬리를 내리며 슬금슬금 도망쳤다. 복서는 개를 깔아뭉개 죽여야 할지 놓아주어야 할지 알고 싶다는 듯 나폴레온을 쳐다보았다. 나폴레온은 잠시 얼굴색이 변하더니 개를 놓아주라고 엄하게 명령했다. 복서가 발굽을 들어 올리자 개는 길게 한 번 울부짖고는 상처 난 몸을 빼 달아났다.

소란은 금세 가라앉았다. 끌려 나간 돼지 네 마리는 자기들이 지은 죄가 온 얼굴에 조목조목 쓰여 있는 것 같은 모습으로 부들부들 떨며 서 있었다. 나폴레온은 그들에게 죄를 자백하라고 명령했다. 나폴레온이 일요일 회의를 폐지한다고 했을 때 항의하고 나섰던 바로 그 네 마리의 젊은 돼지들이었다. 더 이상 다그칠 필요도 없이 돼지들은 스노우볼이 추방된 후 지금까지 줄곧 그와 비밀리에 접촉해왔고, 스노우볼과 짜고 풍차를 무너뜨렸을 뿐 아니라 동물농장을 프레더릭 씨에게 넘겨주기로 스노우볼과 합의했다고 순순히 자백했다. 또한 스노우볼이 지난 몇 년간 존스의 비밀 첩자였음을 제 입으로 은밀히 말해주었다고 덧붙였다. 돼지들이 자백을 마치자 개들이 달려들어 그들의 목을 물어뜯어 숨통을 끊어놓았다. 나폴레온은 서슬 퍼런 목소리로 다른 동물들에게도 자백할 것이 없느냐고 몰아세웠다.

그러자 달걀 사건 때 반란을 주도했던 암탉 세 마리가 나폴레온 앞으로 나와 스노우볼이 자기들 꿈속에 나타나 나폴레온의 명령에 복종하지 말라고 사주했다고 자백했다. 암탉들 역시 그 자리에서 즉시 처형되었다. 그러자 이번에는 거위 한 마리가 나와서 자신이 작년 추수 때 옥수수 여섯 알을 훔쳐 밤에 몰래 먹어치웠다고 자백했다. 이어 양 한 마리가 식수로 쓰는 웅덩이에 오줌을 누었는데 그건 스노우볼이 시킨 짓이었다고 말했다. 또 다른 양 두 마리는 나폴레온의 열렬한 추종자인 늙은 숫양이 기침으로 고생할 때 모닥불 쪽으로 몰아붙여 죽였다고 털어놓았다. 이들도 모두 그 자리에서 처형되었다. 자백과 처형이 계속되면서 나폴레온의 발 앞에는 죽은 동물들의 시체가 산더미처럼 쌓여갔고, 공기는 피비린내로 진동했다. 존스가 추방된 이후로 이런 일은 처음이었다.

모든 처형이 끝나자 돼지들과 개들을 제외한 나머지 동물들은 무리 지어 마당을 슬금슬금 빠져나왔다. 동물들은 충격을 받아 부들부들 떨었고 비참한 기분을 느꼈다. 이들은 스노우볼과 한패가 된 동물들의 반역이 더 충격적인 것인지, 아니면 방금 자신들이 목격한 참혹한 처벌이 더 충격적인 것인지 알 수 없었다. 과거 존스 시절에도 이에 못지않은 끔찍한 도살 장면들이 이따금 벌어지곤 했지만, 이번 일은 동물들 사이에서 일어난 일이었기에 훨씬 더 끔찍한 일이었다. 존스가 쫓겨나고 지금까지 농장에서는 어떤 동물도 다른 동물의 목숨을 앗은 적이 없었다. 쥐 한 마리도 살해된 일이 없었다. 동물들은 반쯤 완공된 풍차가 서 있는 언덕으로 올라갔다. 마치 서로 따스한 온기를 얻으려는 듯 클로버, 뮤리엘, 벤저민, 암소와 양들, 농장의 모든 거위와 암탉들이 일제히 한곳에 웅크리고 앉았다. 나폴레온의 집합 명령이 있기 직전에 갑자기 어디론가 사라진 고양이만 없었다. 한동안 아무도 말이 없었다. 복서만 혼자 서 있었다. 가끔씩 작은 소리로 히힝거리고 길고 검은 꼬리를 허리 쪽으로 휘두르면서 이리저리 서성대고 있었다. 한참 만에 복서가 말문을 열었다.

"정말 모를 일이야. 이런 일이 우리 농장에서 일어날 거라고는 정말 상상도 하지 못했어요. 아무래도 우리가 무언가 잘못한 것 같아요. 내 생각으로는 그냥 더 열심히 일하는 게 유일한 해결책인 것 같아요. 이제부터 난 아침에 한 시간 일찍 일어나야겠어요."

그러면서 복서는 육중한 걸음으로 채석장을 향해 걸어갔다. 채석장에 도착한 복서는 밤이 되어 잠자리에 들기 전까지 연거푸 두 수레분의 돌을 모아 풍차 공사장으로 날랐다.

동물들은 말없이 클로버 주위에 바짝 모여 웅크리고 앉았다. 그들이 앉아 있는 언덕에서는 그 일대의 마을 풍경이 내려다보였다. 큰길로 뻗은 기다란 목초지며 풀밭, 덤불숲, 식수용 웅덩이, 어린 밀 이삭들이 이제 막 푸른색으로 살찌고 있는 무성한 밀밭, 굴뚝에서 연기가 모락모락 오르는 농장의 붉은 지붕들까지 동물농장이 한눈에 들어왔다. 맑게 갠 봄날 저녁이었다. 풀밭과 새싹으로 우거진 산울타리가 저녁 햇살에 황금빛으로 물들었다. 동물들의 눈에는 농장이 이처럼 멋지게 보인 적이 없었고 그 농장이 고스란히 자기네 것이라는 생각이 들자 일종의 경이감마저 들었다. 언덕 아래를 내려다보는 클로버의 눈에는 눈물이 가득 고였다. 클로버가 자신의 생각을 제대로 말로 표현할 수 있었다면, 여러 해 전 동물들이 인간을 타도하기 위해 나섰을 때 세웠던 목표는 결코 이런 모습은 아니라는 말을 했을 것이다. 이처럼 두렵고 참혹한 장면은 메이저 영감이 처음 그들에게 반란을 선동했던 그날 밤에는 예상하지 못한 것이었다. 클로버가 생각한 미래의 그림이 있다면 그것은 굶주림과 회초리에서 벗어나고 모든 동물이 평등하며 모두가 자기 능력에 따라 일하는 사회, 예컨대 메이저 영감의 연설이 있던 그날 밤, 자신이 앞다리로 새끼 오리들을 보호해주었듯 강자가 약자를 보호해주는 그런 사회였다. 그러나 어디서부터 잘못된 건지 모르겠지만, 클로버가 바라던 미래 대신 찾아온 것은 누구도 자기의 생각을 감히 드러내어 말하지 못하고, 사나운 개들이 으르렁거리며 농장 여기저기를 휩쓸고 돌아다니고, 동무들이 충격적인 죄를 자백한 다음 눈앞에서 갈기갈기 찢겨 죽는 모습을 지켜봐야 하는 그러한 사회였다. 클로버는 반란을 일으키거나 명령에 거역할 생각은 전혀 없었다. 상황이 이렇다 해도 존스 시절에 비하면 훨씬 나았고, 무엇보다도 인간들이 돌아오는 사태는 막아야 한다는 걸 알고 있었다. 어떤 일이 생기든 충실함을 잃지 않고 열심히 일하며 자신에게 주어진 명령을 수행하고 나폴레옹의 지배를 받아들일 생각이었다. 하지만 클로버와 다른 동물들이 이런 날을 위해 그렇게 희망을 품고 고생스럽게 일해온 건 아니었다. 풍차를 건설한 것도, 존스의 총알에 맞서 싸운 것도 이런 날을 바라고 한 일이 아니었다. 표현하기는 어려웠지만 클로버의 생각은 그랬다.

마침내 클로버는 표현하지 못한 답답한 마음을 추스르려는 듯 〈영국의 짐승들〉을 부르기 시작했다. 그러자 주위에 앉아 있던 다른 동물들도 따라 불렀다. 그들은 아름다운 가락으로, 그러나 예전에 들을 수 없던 애절한 목소리로 천천히 세 번을 연이어 불렀다.

막 세 번째 노래를 마쳤을 때 스퀼러가 개 두 마리를 거느리고 뭔가 중요한 할 말이 있다는 듯 동물들 쪽으로 다가왔다. 스퀼러는 나폴레옹 동무의 특별 명령에 따라 〈영국의 짐승들〉 노래가 금지되었다고 말했다. 이제부터 그 노래를 부르면 안 된다는 것이었다.

동물들은 놀랐다.

"왜 노래를 금지시키는 거죠?" 뮤리엘이 큰 소리로 물었다.

"그 노래는 이제 더 이상 필요하지 않소, 동무들." 스퀼러가 딱딱한 어조로 말했다. "원래 〈영국의 짐승들〉은 반란을 도모할 때 부르는 노래였소. 하지만 반란은 이미 끝났잖소. 오늘 오후에 있었던 반역자들의 처형이 마지막 조치였소. 우리는 이제 안팎의 적들을 모두 처치했소. 우리는 〈영국의 짐승들〉에 미래에 더 나은 사회가 이뤄지길 바라는 염원을 담았소. 그러나 이미 그 사회는 이루어졌소. 그러니 그 노래는 더 이상 의미가 없게 된 것이지요."

두렵긴 했지만 동물들 중 몇몇이 항의하려는 순간, 평소처럼 양들이 또 "네 발은 좋고, 두 발은 나쁘다"라며 한동안 매매 노래를 불렀고 이야기는 끝나버렸다.

그렇게 해서 그날 이후, 〈영국의 짐승들〉은 더 이상 들리지 않았다. 대신 시인인 미니무스가 새로운 노래를 하나 지었는데, 노랫말은 이러했다.

동물농장이여, 동물농장이여,
나를 따르면 해를 입지 않으리!

매주 일요일 아침마다 깃발을 게양한 뒤에 동물들은 이 노래를 불렀다. 그러나 어쩐지 노래의 가사나 곡조가 〈영국의 짐승들〉만 못한 것 같았다.

8장

머칠이 지나고 처형이 몰고 왔던 공포가 다소 누그러질 무렵, 몇몇 동물들은 여섯 번째 계명인 "어떤 동물도 다른 동물을 죽여서는 안 된다"를 기억하거나 기억하고 있다고 생각했다. 돼지들과 개들이 듣는 자리에서는 누구도 감히 이런 말을 꺼내지 못했지만 동물들은 얼마 전 일어난 처형이 아무래도 그 여섯 번째 계명에 맞지 않는다고 생각했다. 클로버는 벤저민에게 여섯 번째 계명을 좀 읽어달라고 부탁했다. 그러나 벤저민은 자기는 그런 일에 끼어들고 싶지 않다며 거절했다. 대신에 클로버는 뮤리엘을 데려왔고 뮤리엘은 여섯 번째 계명을 읽어주었다. 계명은 "어떤 동물도 '이유 없이' 다른 동물을 죽여서는 안 된다"라고 되어 있었다. 어찌 된 일인지 '이유 없이'라는 두 단어를 동물들은 기억하지 못했다. 하지만 계명을 어긴 게 아니라는 것은 분명해졌다. 스노우볼과 공모

했던 배신자들을 죽이는 것은 분명 이유 있는 일이었기 때문이다.

그 해 내내 동물들은 지난해보다 훨씬 더 열심히 일했다. 이전에 세웠던 풍차보다 벽 두께를 두 배나 더 늘리고, 일상적인 농장 일도 해가면서 정해진 날짜에 맞춰 풍차를 재건한다는 건 엄청난 노동을 필요로 했다. 동물들은 존스 시절보다 일은 더 많이 하면서도 먹는 것은 오히려 전보다 나아진 게 없다는 생각이 들 때도 많았다. 일요일 아침이면 스퀄러는 기다란 두루마리를 펴놓고 그간 각종 식량 생산량이 200퍼센트, 300퍼센트, 혹은 500퍼센트씩 증가했다고 통계 숫자를 발표했다. 동물들로서는 반란이 일어나기 전의 상태가 어떠했는지 지금은 또렷이 기억하지 못했기 때문에 스퀄러의 발표를 믿지 않을 이유가 없었다. 그렇지만 동물들은 통계 숫자가 어떻든 좋으니 먹을 것이나 많아졌으면 좋겠다고 자주 느끼곤 했다.

이제 모든 명령은 스퀄러나 다른 돼지를 통해서 동물들에게 전달되었다. 나폴레옹은 2주에 한 번 정도 공식 석상에 모습을 드러낼 뿐이었다. 모처럼 나폴레옹이 한 번씩 나타날 때에는 개들과 검은 수탉 한 마리가 그를 수행했고, 그 젊은 수탉은 나폴레옹이 연설을 시작하기에 앞서 '꼬끼오 꼬꼬꼬' 하고 크게 외치며 나팔수 노릇을 했다. 들리는 소문에 의하면 나폴레온은 농가 안에서도 다른 돼지들과 따로 방을 쓴다고 했다. 나폴레온은 개 두 마리가 옆을 지키는 가운데 혼자 식사를 하고 응접실의 유리 찬장에 있는 크라운 더비(영국 왕실의 인가를 받은 더비 지방의 자기 – 옮긴이) 식기를 사용한다고 했다. 그러더니 어느 날인가는 두 기념일과 마찬가지로 매년 나폴레온의 생일에도 깃발 게양대의 앞에 놓인 총으로 축포를 쏜다고 발표했다.

나폴레온은 이제 그냥 단순히 '나폴레온'으로만 불리지 않았다. 그를 부르는 공식 호칭은 '우리의 지도자 나폴레온 동무'였고, 돼지들은 이 밖에도 '모든 동물의 아버지', '인간들이 두려워하는 존재', '양 떼의 보호자', '새끼 오리들의 친구'와 같은 호칭을 만들어 붙이기를 즐겨 했다.

스퀄러는 연설할 때마다 나폴레온의 지혜며 선량한 마음씨며 또 만방의 동물들에 대한 깊은 사랑과, 특히 아직도 무지하여 노예의 삶을 살고 있는 다른 농장의 불행한 동물들에게 나폴레온이 얼마나 깊은 애정을 갖고 있는지를 눈물을 뚝뚝 흘리며 이야기했다. 언젠가부터 무슨 일이건 성공적으로 완수하거나 운이 좋게 잘 풀리면 그 공로를 어김없이 나폴레온에게 돌리는 것이 통례가 되어버렸다. 이를테면 암탉이 "우리의 지도자 나폴레온 동무의 지도 아래, 난 엿새 동안 알을 다섯 개나 낳았지요"라고 말하거나 암소 두 마리가 웅덩이에서 물을 마시면서 "나폴레온 동무의 뛰어난 지도력 덕분에 물맛이 이처럼 좋아졌군!" 하고 감탄하며 말하기도 했다. 미니무스가 지은 〈나폴레온 동무〉라는 시에는 이 같은 농장의 전반적인 분위기가 잘 나타나 있다. 시의 내용은 이러했다.

아비 없는 자들의 친구여!
행복의 샘이여!
마실 것을 관장하시는 이여! 오, 내 영혼이
그대의 고요하고 위엄에 찬 눈을 볼 때마다
불붙는도다.
하늘의 저 태양 같으신
나폴레온 동무여!

그대는 모든 동물이 바라는
모든 좋은 것을 주시는 분,
하루 두 번 모두를 배부르게 하고
깨끗한 짚에서 뒹굴게 하시네!
크고 작은 모든 짐승들이
우리 안에 편히 잠드네.
우리 모두를 지켜주시는

나폴레온 동무여!

내게 젖먹이 돼지가 있다면
맥주병이나 밀방망이만큼
자라기 전에
당신을 향한 충심과 진실을
배워야 하네.
그래, 그의 첫 번째 울음은
"나폴레온 동무여!"이리라.

나폴레온은 이 시를 승인한 뒤, '일곱 계명'이 적힌 반대쪽 벽에 써놓도록 했다. 그 시 위에는 스퀼러가 흰 페인트로 나폴레온의 옆모습을 그린 초상화가 있었다.

그사이 나폴레온은 휨퍼의 중계를 통해 프레더릭과 필킹턴을 상대로 꽤 복잡한 교섭을 벌이고 있었다. 마당의 목재는 아직 팔리지 않고 그대로 쌓여 있었다. 두 사람 중에 프레더릭이 그 목재를 사고 싶어 더 열을 올렸지만 합당한 값을 부르지 않고 있었다. 게다가 풍차 건설을 몹시 시기한 프레더릭이 자기 일꾼들을 몰고 와 동물농장을 공격해서 풍차를 무너뜨리려는 음모를 꾸미고 있다는 소문이 나돌았다. 스노우볼은 여전히 핀치필드 농장에 숨어 지내는 것으로 알려져 있었다. 더위가 기승을 부리는 한여름에 접어들었을 즈음, 암탉 세 마리가 스노우볼의 사주를 받아 나폴레온을 살해할 음모에 가담했다고 자백하여 동물들은 또 한 번 깜짝 놀랐다. 암탉들은 즉각 처형되었고, 나폴레온의 신변 보호를 위한 새로운 대비책이 마련되었다. 밤이 되면 개 네 마리가 나폴레온의 침대 네 모서리에 앉아 그를 지켰고, 식사 때는 음식에 독이 들었는지 확인하기 위해 핑크아이라는 젊은 돼지가 나폴레온이 먹을 음식을 먼저 시식했다.

바로 그 무렵에 나폴레온은 목재를 필킹턴 씨에게 팔기로 했고, 동물농장과 폭스우드 농장이 특정 생산품을 서로 교환하는 계약을 정식으로 맺으려 한다는 소문이 나돌았다. 비록 휨퍼를 통해서이지만 이즈음 나폴레온과 필킹턴의 관계는 꽤나 우호적이었다. 동물들은 인간이라는 이유로 필킹턴을 싫어했으나 그나마 두려워하고 증오하는 프레더릭보다는 필킹턴을 훨씬 더 선호했다. 여름이 지나면서 풍차가 거의 완공을 앞두고 있을 무렵, 인간들이 농장에 침략해올 때가 임박했다는 소문도 점점 무성해졌다. 듣자 하니 프레더릭이 총으로 무장한 장정 스무 명을 동원하여 동물농장을 습격할 계획을 세우고 있고, 자신이 동물농장의 소유권을 손에 넣었을 때 이를 문제 삼지 않도록 미리 치안판사와 경찰에 뇌물을 먹여놓았다는 것이었다. 게다가 프레더릭이 자신의 동물들에게 저지른다는 잔혹한 행각에 대한 흉흉한 소문도 핀치필드 농장에서 새어 나왔다. 프레더릭이 늙은 말을 때려죽이고 암소는 굶겨 죽이고 개는 아궁이에 집어던져 죽이고, 또 저녁이면 수탉 발톱에 면도칼 조각을 끼워 싸움을 붙여놓고 즐긴다는 것이었다. 동물들은 그런 잔혹한 짓들이 동무들에게 행해진다는 이야기를 들을 때마다 온몸의 피가 분노로 들끓었다. 그래서 그들은 핀치필드 농장을 습격하여 인간들을 몰아내고 동물들을 해방시키자고 아우성쳤다. 그러면 스퀼러가 나서서 모두 성급한 행동을 피하고 나폴레옹 동무의 전략을 믿고 있으라고 타일렀다.

그럼에도 프레더릭에 대한 동물들의 반감은 갈수록 커져만 갔다. 어느 일요일 아침, 나폴레옹이 헛간에 나타나 자기는 프레더릭에게 목재를 팔려는 생각은 해본 적도 없으며 그런 악당과의 거래는 자기의 품위를 떨어뜨리는 짓이라고 말했다. 반란 소식을 널리 전파하기 위해 밖으로 파견되는 비둘기들도 이제부터는 폭스우드 농장에 얼씬도 하지 말라는 명령을 받았다. 비둘기들은 또한 "인간에게 죽음을!"이라는 이전의 구호 대신 "프레더릭에게 죽음을!"이라는 새 구호를 외치라는 명령도 받았다. 늦은 여름, 스노우볼의 또 다른 음모가 드러났다. 농장 밀밭이 온통 잡초투성이었는데, 알고 보니 스노우볼이 어느 날 밤에 농장으로 숨어들어 와 밀 종자에 잡초 씨앗을 섞어놓아 그렇게 되었다는 사실이 밝혀진 것이다. 이 음모에 가담했던 수거위 한 마리가 스퀄러에게 죄를 자백한 뒤 그 자리에서 독초 열매를 먹고 자살했다. 동물들은 또 지금까지 자신들이 믿고 있던 것과는 달리, 스노우볼이 '제1급 동물 영웅' 훈장을 받은 적이 없다는 것도 알게 되었다. 그건 '외양간 전투'가 끝난 직후에 스노우볼 자신이 퍼뜨린 헛소문에 지나지 않았다는 것이다. 스노우볼은 훈장을 받기는 고사하고 전투 중에 비겁한 행동을 보였기 때문에 견책을 당했다고 했다. 일부 동물들은 이 얘기를 듣고 다시금 미심쩍어했지만, 스퀄러는 그들이 잘못 기억하고 있는 것이라며 금방 납득시켰다.

그 해 가을, 거의 같은 시기에 가을걷이가 있었기 때문에 동물들은 더욱더 피땀 어린 노력을 기울여서 풍차를 완공했다. 아직 기계가 설치되지 않아 휨퍼가 중간에서 구매 협상을 벌이고 있었지만, 구조물 자체는 완공되었다. 온갖 어려움을 겪은 데다 경험도 없었으며 원시적인 연장에다 스노우볼의 반역 행위가 가져온 불운도 겹쳤지만, 이 모든 역경에도 불구하고 공사는 목표일에 정확히 맞춰 끝났다! 동물들은 피로에 지쳤지만 뿌듯한 마음으로 자기들이 만든 그 걸작품 주위를 빙빙 맴돌았다. 그들 눈에는 처음에 지었던 것보다 이번에 지은 풍차가 훨씬 더 아름다워 보였다. 게다가 벽의 두께도 두 배나 두꺼워 폭약을 쓰지 않는 한 절대로 무너지지 않을 것이다! 이걸 세우느라 얼마나 애썼으며 얼마나 많은 좌절을 딛고 일어섰던가. 이제 풍차 날개가 돌아 발전기가 가동되면 자기네 삶에 얼마나 엄청난 변화가 일어날 것인가. 이런 생각들을 하며 동물들은 그동안 쌓인 피로를 말끔히 잊고 승리의 환호성을 내지르며 풍차 주위를 몇 번이고 빙빙 돌며 뛰어다녔다. 나폴레온도 개들과 수탉을 거느리고 나타나 몸소 완성된 구조물을 시찰했다. 나폴레온은 친히 동물들의 노고를 치하했고, 풍차는 '나폴레온 풍차'라 명명한다고 발표했다.

이틀 후, 동물들은 헛간에서 열린 특별 회의에 소집되었다. 그들은 나폴레온이 목재를 프레더릭에게 팔기로 했다는 발표를 듣자 또 한 번 경악했다. 다음 날 프레더릭의 마차가 와서 목재들을 실어 간다는 것이었다. 그동안 나폴레온은 필킹턴과 우호적인 관계를 맺는 것처럼 보이게 해놓고 사실은 프레더릭과 비밀 거래를 하고 있었던 것이다.

그날로 폭스우드 농장과의 모든 관계가 끊어졌고 나폴레온은 필킹턴에게 모욕적인 메시지를 전달했다. 비둘기들은 이번에는 핀치필드 농장에는 얼씬도 하지 말고, '프레더릭에게 죽음을!'이라는 구호도 '필킹턴에게 죽음을!'로 바꾸라는 명령을 받았다. 이에 덧붙여 나폴레온은 동물농장에 프레더릭의 공격이 임박했다는 소문은 사실이 아니고 프레더릭이 자기 농장 동물들에게 잔혹한 짓을 한다는 소문 역시 크게 과장된 것이라고 단언했다. 그 모든 소문들은 스노우볼과 그의 첩자들이 모두 지어내어 퍼뜨렸을 것이라고 했다. 이야기는 다시금 스노우볼은 핀치필드 농장에 숨어 있지 않았고 오히려 단 한 번도 거기에 발을 들여놓은 적이 없으며, 실은 폭스우드 농장에서 매우 호화스러운 삶을 살고 있고 필킹턴으로부터 연금을 받기도 했다는 내용으로 바뀌었다.

돼지들은 나폴레옹의 교묘한 지략을 알고 감탄해 마지않았다. 필킹턴과 친한 척해 보임으로써 프레더릭에게 목재 가격을 12파운드나 더 올려 받았기 때문이다. 그러나 그 가운데에서도 가장 탁월했던 나폴레옹의 정신은, 바로 아무도 믿지 않았고 심지어 프레더릭까지도 믿지 않았다는 것에서 잘 드러난다고 스퀼러는 말했다. 프레더릭은 목재값을 수표로 지불하길 원했는데, 그 '수표'란 것은 적힌 금액을 지불한다는 약속을 적은 종이쪽지처럼 보이는 것이었다. 하지만 나폴레옹은 프레더릭의 그런 얕은 속임수에 넘어갈 만큼 어리석지 않았다. 나폴레옹은 목재값을 5파운드짜리 지폐로 지불할 것을 요구했고, 그래야지만 목재를 넘겨주겠다고 못 박았다고 했다. 프레더릭은 벌써 그 돈을 지불했고, 그 돈이면 풍차에 설치할 기계를 사고도 남을 것이었다.

한편 목재는 재빨리 실려 나갔다. 목재가 실려간 뒤, 프레더릭이 지불한 지폐를 검사하기 위해 헛간에서 또 한 차례 특별 회의가 열렸다. 나폴레온은 가슴에 훈장 두 개를 달고 흐뭇한 미소를 띤 채 연단 위에 짚단을 쌓아 만든 곳에 자리를 잡았고, 그 옆에는 농가 부엌에서 가져온 도자기 접시 위에 돈이 보기 좋게 쌓여 있었다. 동물들은 줄을 서서 그 앞을 지나며 돈을 실컷 구경했다. 복서는 코를 돈에 들이대고 킁킁거리며 냄새를 맡아보았다. 복서의 콧김에 얇고 흰 지폐들이 펄럭이며 바스락거렸다.

그로부터 사흘 후 굉장한 소란이 벌어졌다. 하얗게 질린 얼굴을 한 휨퍼가 자전거를 몰고 허둥대며 올라오더니 마당에 자전거를 내동댕이치고는 곧장 농가로 달려 들어갔다. 곧이어 나폴레온의 방에서 숨이 넘어갈 듯한 고함이 새어 나왔다. 소식은 농장 주위로 삽시간에 들불처럼 퍼져나갔다. 프레더릭에게서 받은 그 지폐가 가짜였다! 프레더릭은 공짜로 목재를 가져간 것이다!

나폴레온은 동물들을 즉시 소집하고 엄한 목소리로 프레더릭에게 사형선고를 내렸다. 프레더릭을 잡으면 산 채로 끓는 물에 집어넣어 죽일 것이라고 말했다. 덧붙여 나폴레온은 이 사기 행위에 이어서 올지도 모르는 최악의 사태를 대비해야 한다고 동물들에게 경고했다. 프레더릭과 그의 일꾼들이 언제고 농장으로 쳐들어올 수 있다는 것이었다. 나폴레온은 농장으로 통하는 모든 길목에 보초를 세웠다. 또한 비둘기 네 마리를 폭스우드 농장으로 파견해 필킹턴과 다시금 좋은 관계를 회복하고 싶다고 회유하는 전갈을 보냈다.

바로 다음 날 아침부터 공격을 받기 시작했다. 동물들이 아침을 먹고 있는데 파수꾼들이 뛰어 들어와 프레더릭과 그의 일꾼들이 벌써 빗장 다섯 개가 달린 정문을 뚫고 들어왔다고 전했다. 동물들은 용감히 일어나 적을 맞으러 나갔지만 이번에는 '외양간 전투'에서처럼 쉽사리 승리를 거두지 못했다. 프레더릭의 무리는 모두 열다섯 명이었고 그중에 총을 가진 자만 여섯 명이나 되었는데 동물들이 50미터 내로 들어오자 일제히 사격을 가하기 시작했다. 동물들은 끔찍한 총성과 날카로운 총알에 대적할 수 없었고, 나폴레온과 복서가 동물들이 흩어지지 않게 규합하려고 필사적으로 노력했지만 얼마 버티지 못하고 흩어졌다. 이미 상당수가 부상당했다. 동물들은 농장 건물 안으로 피신하여 벽 틈이나 옹이구멍으로 조심스레 바깥을 내다보았다. 목초지와 풍차까지 모두 적들의 손에 넘어갔다. 그 순간만은 나폴레온조차도 어찌할 바를 모르는 것 같았다. 나폴레온은 말없이 빳빳하게 세운 꼬리를 휘저으며 이리저리 서성거렸다. 그리고 구원을 기다리는 듯한 눈으로 폭스우드 농장 쪽을 바라보았다. 필킹턴과 그의 일꾼들이 도와주기만 한다면 아직 승산이 있을 수도 있다. 바로 그 순간, 전날 밖으로 파견했던 비둘기 네 마리가 돌아왔는데 그중 한 마리가 필킹턴이 보낸 쪽지를 물고 있었다. 거기에는 연필로 "꼴좋군"이라고 적혀 있었다.

그사이 프레더릭과 그의 일꾼들은 풍차 앞에서 멈춰 섰다. 이를 지켜보던 동물들 사이에서 나지막이 경악에 찬 목소리가 흘러나왔다. 일꾼 두 사람이 까마귀 발처럼 생긴 쇠지레와 큰 쇠망치를 꺼내 든 것이었다. 풍차를 박살 내려는 것이었다.

"어림도 없지." 나폴레옹이 외쳤다. "그럴 줄 알고 벽을 두껍게 만들었지. 일주일 걸려도 못 부술걸. 용기를 내시오, 동무들!"

하지만 벤저민은 인간들이 하는 행동을 유심히 주시했다. 쇠망치와 쇠지레를 든 사내들이 풍차 밑동 근처에 구멍을 내고 있었다. 벤저민은 마치 재미있다는 듯 천천히 긴 주둥이를 끄덕였다.

"내 그럴 줄 알았지." 벤저민이 입을 열었다. "저들이 뭘 하고 있는 건지 모르겠소? 이제 곧 저 구멍에 폭약을 집어넣을 거요."

동물들은 겁에 질린 채 숨죽여 지켜보았다. 지금은 건물 밖으로 도망쳐 나갈 수도 없는 상황이었다. 잠시 후 인간들이 사방으로 뛰어 흩어지는 모습이 보였다. 곧이어 고막이 찢어질 듯한 엄청난 굉음이 들렸다. 비둘기들은 하늘로 푸드득거리며 날아올랐고 나폴레옹을 뺀 모든 동물들은 바닥에 배를 깔고 납작하게 엎드려 얼굴을 파묻었다. 동물들이 다시 자리에서 일어났을 때는 풍차가 서 있던 자리에 거대한 구름 같은 검은 연기가 뭉게뭉게 일었다. 바람에 연기가 서서히 걷혔다. 풍차가 흔적도 없이 사라져버렸다!

이 광경을 보자 동물들은 분한 마음에 용기가 되살아났다. 조금 전까지 느끼던 두려움과 절망감은 용납할 수 없는 비열한 행위에 대한 분노로 순식간에 사라져버렸다. 복수심에 가득 찬 목소리가 커지며 더 이상 누구의 명령을 기다릴 것 없이 동물들은 하나가 되어 적들을 향해 돌진했다. 이제 머리 위로 우박처럼 쏟아지는 총알 따위는 아랑곳하지 않았다. 잔혹하고 치열한 싸움이 벌어졌다. 인간들은 계속해서 총을 쏘아댔고 동물들이 코앞까지 접근하자 이에 맞서 몽둥이를 휘두르고 구둣발로 걷어찼다. 암소 한 마리, 양 세 마리, 거위 두 마리가 죽어 나자빠지고 동물들 거의 모두가 크고 작은 부상을 입었다. 뒤에서 싸움을 지휘하던 나폴레옹도 총알에 맞아 꼬리 끝이 떨어져나갔다. 하지만 인간들도 무사하지 않기는 마찬가지였다. 프레더릭의 일꾼 세 명이 복서의 발길질에 차여 머리통이 깨졌고, 다른 하나는 암소 뿔에 배를 받혀 상처를 입었으며, 또 하나는 제시와 블루벨한테 물려 바지가 너덜너덜 찢겨나갔다. 나폴레옹의 호위병인 개 아홉 마리가 나폴레옹의 지시에 따라 울타리의 그늘에 잠입한 뒤 인간들의 측면에 나타났다. 갑자기 개들이 사납게 짖으며 달려들자 인간들은 겁을 먹었다. 자칫하면 동물들에게 포위될 위험이 있다고 느꼈다. 프레더릭은 일꾼들에게 출입구 쪽으로 빠져나가라고 소리 질렀고 겁에 질린 인간들은 일제히 달아나기 시작했다. 동물들은 끝까지 추격하여 인간들이 산울타리 사이로 빠져나가는 그 마지막 순간까지 그들을 발로 걷어찼다.

동물들이 승리를 거두었지만, 완전히 기진맥진해 있었고 대부분이 피를 흘리고 있었다. 그들은 다리를 절룩거리며 천천히 농장으로 되돌아왔다. 잔디 위에 쓰러져 죽어 있는 동료들을 보고 몇몇 동물들은 감정이 복받쳐 올라 눈물을 떨구었다. 동물들은 슬픔에 잠긴 채 조금 전까지 풍차가 있었던 자리에서 걸음을 멈추고는 잠시 동안 침묵했다. 그랬다. 풍차는 사라져버렸다. 그들이 그토록 공들여 세웠던 풍차가 흔적도 없이 사라져버린 것이다! 심지어 바닥도 갈라지고 패였다. 풍차를 다시 세우려고 해도 이제는 지난번처럼 무너진 돌들을 다시 사용할 수도 없었다. 폭약이 터지면서 돌덩어리들이 수백 미터나 멀리 날아가 버렸기 때문이다. 풍차는 처음부터 없었던 것처럼 보였다.

동물들이 농장에 되돌아오니 전투 중에는 좀체 보이지 않았던 스퀼러가 꼬리를 흔들고 만족스러운 웃음을 띠며 뛰어왔다. 그때 농장 건물이 있는 쪽에서 총소리가 울렸다.

"저 총은 왜 쏘는 거지요?" 복서가 물었다.

"우리의 승리를 자축하기 위한 거요!" 스퀼러가 대답했다.

"무슨 승리요?" 복서가 되물었다. 복서의 무릎에는 피가 흐르고 있었다. 게다가 한쪽 편자를 잃은 탓에 발굽이 쪼개졌고 뒷다리에는 산탄 총알이 십여 개 박혀 있었다.

"무슨 승리라니요, 동무? 우린 적들을 우리 땅인 이 신성한 동물농장에서 몰아내지 않았소?"

"하지만 인간들이 우리 풍차를 부숴버렸잖아요. 우리가 두 해 동안 피땀 흘려 세운 풍차가 아닙니까!"

"그게 무슨 상관이오? 우린 또다시 풍차를 세울 것이오. 우리가 원하면 풍차는 여섯 개라도 세울 수 있소. 동무는 우리가 방금 이루어낸 이 위대한 과업이 달갑지 않은가 보군. 적들은 지금 우리가 서 있는 이 땅을 점령했었소. 그런데 우리는 나폴레옹 동무의 지도 아래 그 빼앗겼던 땅을 한 치도 남김없이 모두 되찾았단 말이오."

"그건 우리 것을 그저 다시 되찾은 것뿐이죠." 복서가 말했다.

"그게 바로 우리의 승리라는 거요." 스퀼러가 대꾸했다.

동물들은 다리를 절룩거리며 마당 안으로 들어섰다. 복서는 다리에 박힌 총알들 때문에 쓰라리고 몹시 아팠다. 복서는 풍차를 기초부터 다시 지어야 하는 막중한 노동이 자신을 기다리고 있다는 사실을 깨달았고, 머릿속으로는 이미 마음의 준비를 단단히 했다. 하지만 처음으로 자신이 벌써 열한 살이나 되었고, 단단했던 근육도 이젠 옛날 같지 않으리라는 생각이 문득 머리를 스쳤다.

하지만 동물들은 휘날리는 녹색 깃발을 보고 전부 일곱 발이 연이어 발사된 총소리를 다시 들으며, 그리고 자신들의 행동을 치하하는 나폴레옹의 연설을 듣고는 결국은 위대한 승리를 거두었다고 생각하게 되었다. 싸우다 목숨을 잃은 동물들에게는 엄숙한 장례가 치러졌다. 복서와 클로버가 영구차로 꾸민 짐마차를 끌었고 나폴레옹이 몸소 장례 행렬의 맨 앞에 서서 걸어갔다. 꼬박 이틀 동안 승리를 자축하는 행사가 계속되었다. 노래와 연설을 하고 축포를 더 쏘았으며 동물에게 사과 하나씩이, 새에게는 60그램의 곡물과 개에게는 비스킷 세 개가 특별 선물로 주어졌다. 이번 전투는 '풍차 전투'라고 부른다는 발표가 있었고, 나폴레옹은 새로운 훈장인 '녹색 깃발의 훈장'을 만들어 자기 자신에게 수여했다. 모두가 축하하는 가운데 유감스러운 지폐 사건은 잊혀갔다.

그로부터 며칠 뒤, 돼지들이 위스키 한 상자를 농가 지하실에서 발견했다. 처음 농가를 점거했을 때에는 미처 찾아내지 못한 것이다. 그날 밤 농가에서는 시끄러운 노랫소리가 흘러나왔는데 동물들은 깜짝 놀랐다. 〈영국의 짐승들〉의 가락이 섞여 있었기 때문이다. 밤 아홉 시 반경, 존스 씨가 쓰던 낡은 중절모를 쓴 나폴레옹이 농가 뒷문으로 나와 마당을 미친 듯 뛰어다니다가 다시 농가 안으로 사라지는 모습이 똑똑히 목격되었다. 하지만 그 다음 날 아침, 농가에는 깊은 정적만이 흘렀다. 돼지 한 마리 움직이는 기척이 없었다. 거의 아홉 시가 되어서야 스퀄러가 느릿느릿 맥 빠진 걸음으로 농가에서 나왔다. 스퀄러의 눈은 몽롱하고 꼬리는 힘없이 축 늘어뜨린 것이 마치 단단히 병든 동물 같았다. 스퀄러는 동물들을 소집하고는 전해줄 엄청난 소식이 있다고 말했다. 나폴레옹 동무가 죽어가고 있다는 것이었다!

비탄에 젖은 울음이 사방에서 터져 나왔다. 동물들은 농장 문 앞에 짚단을 깔고 발끝으로 조심스럽게 걸어 다니며 소식을 기다렸다. 눈물이 그렁그렁해서 지도자 동무가 죽으면 앞으로 어떻게 될 것인지를 서로에게 물으며 걱정했다. 나폴레옹의 음식에 독약을 넣으려는 스노우볼의 계략이 성공했다는 소문도 퍼졌다. 열한 시가 되자 스퀄러가 다시 나타나 발표문을 전했다. 나폴레옹 동무가 죽기 전 마지막으로 술을 마시는 동물은 사형으로 다스린다는 법률을 발표했다는 내용이었다.

하지만 저녁이 되자 나폴레옹은 약간 기운을 차린 것 같았고, 이튿날 아침 스퀼러는 나폴레옹이 빠르게 회복하고 있다고 발표했다. 그날 저녁때쯤 나폴레옹은 다시 집무를 시작했다. 다음 날 나폴레옹이 휨퍼에게 술 담그는 양조법과 알코올 증류법에 관한 책들을 윌링던에서 구입해오도록 지시했다는 사실이 알려졌다. 그로부터 일주일 후, 나폴레옹은 예전에 은퇴한 동물들을 위해 목초지로 확보해두었던 과수원 너머의 작은 방목장을 쟁기로 갈아놓으라고 지시했다. 목초지가 메말라버려 다시 씨를 뿌려야 한다고 발표했지만 나폴레옹이 보리를 심으려 한다고 금세 알려졌다.

이즈음 아무도 이해할 수 없는 이상한 사건이 벌어졌다. 어느 날 밤 자정께 마당 쪽에서 쿵 하는 요란한 소리가 났고, 무슨 일인가 싶어 동물들이 우리 밖으로 뛰쳐나와 소리가 난 곳으로 달려갔다. 달 밝은 밤이었다. 일곱 계명이 쓰여 있는 큰 헛간 벽 아래에 사다리 하나가 두 동강이 나 부러져 있었다. 그 옆에는 스퀼러가 기절한 듯 쓰러져 있었으며 곁에는 등불, 페인트 붓, 넘어진 흰색 페인트 통이 나뒹굴었다. 개들이 즉시 달려와 스퀼러를 동그랗게 에워싸더니 스퀼러가 정신이 들어 걸을 수 있게 되자 얼른 그를 호위해서 농가로 돌아갔다. 동물들은 도대체 무슨 일인지 도통 영문을 알 수 없었다. 늙은 당나귀 벤저민만이 무언가 알겠다는 듯 콧등을 끄덕였지만 아무 말도 하려들지 않았다.

　며칠이 지나 뮤리엘이 혼자 일곱 계명을 읽어보다가 동물들이 계명 중 하나를 또 잘못 알고 있다는 사실을 발견했다. 동물들은 지금껏 다섯 번째 계명이 "어떤 동물도 술을 마시면 안 된다"라고 기억하고 있었는데 거기에는 그들이 잊고 있었던 두 단어가 더 있었다. 실제로 벽에 쓰인 계명은 "어떤 동물도 '너무 지나치게' 술을 마시면 안 된다"라고 되어 있었다.

9장

복서의 갈라진 발굽이 낫는 데에는 오랜 시간이 걸렸다. 동물들은 승리 축하 기념식이 끝나고 바로 다음 날부터 풍차를 다시 짓기 시작했다. 복서는 단 하루도 쉬려 하지 않았는데 자기가 아파하는 모습을 다른 동물에게 보이지 않는 것이 명예로운 일이라고 생각했기 때문이다. 그러나 저녁이 되면 발굽 때문에 겪는 고통을 남몰래 클로버에게 털어놓았다. 클로버는 약초를 직접 씹어서 만든 약을 복서의 발굽에 발라 치료해주었고, 클로버와 벤저민은 일을 너무 무리해서 하지 말라고 복서에게 당부했다. 말의 폐라고 해서 영원히 일할 수 있게 만들어진 것은 아니라며 복서를 설득했다. 하지만 복서는 귀담아들으려 하지 않았다. 자기가 진정으로 바라는 단 한 가지가 있다면 그것은 바로 은퇴하기 전에 풍차가 제대로 돌아가는 모습을 보는 것이라고 했다.

처음 동물농장의 법을 만들 때 정했던 동물의 은퇴 나이
는 말, 돼지의 경우 열두 살, 암소는 열네 살, 개는 아홉 살, 양
은 일곱 살, 그리고 닭과 오리는 다섯 살이었다. 노령연금도
후하게 책정했다. 은퇴하여 실제로 연금을 받는 동물은 아직
없었지만 동물들은 최근 들어 이 문제에 관해 점점 더 많이
논의하기 시작했다. 과수원 너머에 있는 조그마한 목장이 보
리를 심는 데에 할당되었기 때문에 대신 넓은 목초지 한구석
에 울타리를 쳐서 늙은 동물들의 은퇴지로 쓴다는 소문이 돌
았다. 말에게는 연금으로 하루에 곡물 2킬로그램이 지급되고
겨울에는 건초 7킬로그램이 지급되며 경축일에는 당근 하나
가 지급되지만 가능하면 사과 한 개도 지급될 수 있을 거라
고 했다. 복서가 은퇴하는 열두 번째 생일은 이듬해 늦여름
이었다.

한편 농장 생활은 고됐다. 올해 겨울은 작년 겨울과 같이
여전히 추웠고 식량은 오히려 더 부족했다. 또다시 모든 배
급량이 줄었으나 돼지와 개의 배급량은 예외였다. 스퀼러는
융통성 없이 너무 균등한 배급량은 동물주의 원칙에 어긋난
다고 설명했다. 겉으로는 어떻게 보일지 모르나 실제로는 식
량이 부족하지 않다고 별다른 어려움 없이 다른 동물들을 납
득시켰다. 한동안 배급량을 재조정하는 일이 분명히 있을 테
지만(스퀼러는 항상 '재조정'이라고 했지, 결코 '감량'이라고 하지 않

았다) 존스가 농장주였을 당시와 비교하면 엄청나게 좋아진 것이라고 말했다. 스퀼러는 날카롭고 빠른 목소리로 숫자를 읽어나가며 존스 시절보다 귀리, 건초, 순무를 더 많이 받는 점, 일을 더 적게 하고 질 좋은 물을 마시며 더 오래 살고 있는 점, 새끼들의 생존율이 높아진 점, 더 많은 볏짚이 깔려진 동물 우리와 벼룩에 의한 고생은 더 적어진 점들에 대해 자세히 말하며 동물들을 이해시켰다. 동물들은 그 말을 곧이곧대로 믿었다. 사실 존스나 존스가 했던 일은 동물들의 기억에서 거의 사라졌다. 동물들은 지금의 삶이 너무나 가혹하고 자주 굶주리며 추위에 떨기도 하고 자는 시간 외에는 하루 종일 일을 한다는 사실을 알았다. 하지만 그 이전의 상황이 더 안 좋았다는 생각에는 의심할 여지가 없었고, 동물들은 기꺼이 그렇게 믿었다. 더욱이 그 당시 동물들은 노예였지만 지금은 자유롭다는 사실이 근본적인 차이라고 스퀼러는 놓치지 않고 지적했다.

부양해야 할 동물의 수는 더 많이 늘었다. 가을에는 암퇘지 네 마리가 거의 동시에 새끼를 낳아 새끼 돼지들이 서른한 마리나 되었다. 새끼 돼지들은 모두 얼룩무늬가 있었는데 나폴레옹이 이 농장에서 유일하게 거세하지 않은 수퇘지였기 때문에 새끼 돼지들의 아비가 누구인지 알아내기는 어렵지 않았다. 나중에 벽돌과 목재를 구입하면 농장 정원에 교실을 지을 거라는 발표가 있었다. 한동안 새끼 돼지들은 농가 부엌에서 나폴레온의 가르침을 받았다. 그들은 정원에서 운동했으며, 다른 새끼 동물들과 함께 어울리지 않도록 했다. 또한 이 무렵 돼지와 다른 동물이 길에서 마주치면 다른 동물이 옆으로 비켜서야 한다는 규칙이 생겼고, 돼지들은 모두 지위에 상관없이 일요일마다 녹색 리본을 꼬리에 달 수 있는 특권을 갖게 되었다.

그 해 동물농장은 꽤 높은 수확을 올렸지만 재정은 여전히 열악했다. 교실을 짓기 위해 벽돌, 모래, 석회를 구입해야 했고 또 풍차에 설치할 기계장치를 사기 위한 돈도 따로 모아야 했다. 게다가 농가 안을 밝힐 램프 기름, 양초를 사야 했고 나폴레온의 식탁에 올라가는 설탕(나폴레온은 살이 찐다는 이유로 다른 동물에게는 설탕을 금지했다)도 사야 했다. 그 외에도 연장, 못, 끈, 석탄, 철사, 고철, 개 사료용 비스킷을 사야 했다. 그래서 건초 한 더미와 수확한 감자의 일부를 내다 팔았다. 달걀 판매 수량이 주당 600개로 늘어났기 때문에 그해 암탉들은 자신들의 수가 비슷하게 유지될 정도로만 겨우 병아리를 부화시켰다. 12월에 줄어들었던 식량 배급량이 2월에 또다시 줄었고 기름을 아낀다며 외양간에는 등불을 켜지 못하게 했다. 하지만 돼지들은 안락한 생활을 하는 듯했고 어떤 이유인지 실제로 계속 살이 쪘다. 2월 말의 어느 오후,

동물들이 전에 맡아보지 못한 구수하고 입맛을 돋우는 냄새가 존스 시절에는 사용하지 않았던 부엌 뒤 조그마한 양조장에서 흘러나와 마당까지 퍼져나갔다. 보리를 삶는 냄새라고 누군가 말했다. 동물들은 배가 고파 코를 킁킁거리며 냄새를 맡았고 그 따뜻하게 삶은 여물을 저녁으로 먹지 않을까 내심 기대했다. 하지만 따뜻한 여물은 전혀 볼 수 없었고, 다음 일요일이 되자 이제부터 돼지들에게만 보리를 지급한다는 발표가 있었다. 과수원 너머의 들판에는 이미 보리 종자가 심어졌다. 그리고 곧이어 돼지들은 매일 맥주 0.5리터를 배급받고 나폴레옹 자신은 맥주 4.5리터를 배급받아 항상 크라운 더비 수프 그릇에 따라 마신다는 소문이 새어 나왔다.

하지만 동물들은 여러 가지 힘든 고통을 참으면서도 지금의 생활이 예전보다 훨씬 더 낫다는 사실에서 조금이나마 위안을 받았다. 이즈음에는 노래와 연설, 행진이 잦아졌다. 나폴레옹은 동물농장의 전투와 승리를 기념하는 목적으로 일주일에 한 번씩 '자발적 시위'라 명명된 모임을 가지라고 명령했다. 정해진 시간이 되면 동물들은 일터를 떠나 돼지들이 맨 앞장을 서고 그다음 말, 소, 양, 닭, 오리들의 순으로 대형을 만들어 농장 경계를 돌며 행진했다. 측면에서는 개들이 대열을 호위했고 그 앞에는 나폴레옹의 검은 수탉이 있었다. 복서와 클로버는 '나폴레옹 동무 만세!'라는 글씨가 적혀 있고 발굽과 뿔이 그려져 있는 녹색 깃발을 들고 행진했다. 행진이 끝나면 나폴레옹을 찬양하는 몇 편의 시를 낭송하고, 최근에 식량 생산이 증가되었다는 스퀼러의 연설이 이어졌으며, 때로는 총을 발사하기도 했다. 양들은 이 '자발적 시위'의 가장 열렬한 지지자였다. 누군가 이런 행사는 시간 낭비고 추위에 오랜 시간 서 있어야 한다고 할 때마다(가끔 개나 돼지들이 주위에 없을 때면 몇몇 동물들이 불평했다) 양들은 '네 발은 좋고, 두 발은 나쁘다!'라고 큰 소리로 외쳐 그러한 불평을 잠재웠다. 하지만 대체로 동물들은 이러한 축하 행사를 즐겼다. 동물들은 자신들이 인간의 지배를 받지 않는 자유의 몸이며, 자신들의 노고가 모두 자기들의 이득을 위한 것이라는 생각에 위안을 느꼈던 것이다. 그리하여 노래와 행진, 스퀼러의 통계 수치 발표, 발포 소리, 수탉 울음소리, 펄럭이는 깃발 때문에 동물들은 잠시나마 자신들이 배를 곯고 있다는 사실을 잊을 수 있었다.

4월에 동물농장은 공화국으로 선포되었기 때문에 대통령을 선출해야 했다. 후보자는 나폴레옹뿐이었고 결국 만장일치로 대통령으로 당선되었다. 같은 날, 스노우볼이 존스와 공모했던 내막이 좀 더 구체적으로 드러난 새로운 문서가 발견되었다는 발표가 있었다. 동물들이 예전에 예상했던 것처럼 스노우볼이 단순히 전략적으로 '외양간 전투'에서 동물들이

패하도록 한 것이 아니라 처음부터 존스 편에 가담해서 싸웠다는 사실이 드러났다. 사실 스노우볼은 인간 세력의 실질적인 지도자였고, '인간 만세!'라는 구호를 직접 그의 입으로 외치며 전투에 뛰어들었다고 했다. 여러 동물이 아직도 기억하는 스노우볼의 등에 난 상처도 사실은 나폴레옹이 물어뜯어 생긴 상처로 밝혀졌다.

한여름 무렵, 여러 해 동안 모습이 보이지 않았던 까마귀 모지스가 불현듯 농장에 다시 나타났다. 모지스는 조금도 변하지 않아 여전히 일은 하지 않으면서 예전처럼 설탕사탕산에 대해 떠들어대기만 했다. 모지스는 나무 그루터기에 앉아 검은 날개를 퍼덕거리면서 귀 기울이는 동물이 있으면 누구든 붙잡고는 몇 시간이고 수다를 떨곤 했다. 모지스는 "동무들, 저기 저 위에는 말이야" 하고 입을 떼고는 큼직한 부리로 하늘을 가리키며 뽐내듯 말을 이어갔다. "여러분이 보는 저기 저 검은 구름 너머에 있는 설탕사탕산에는 우리처럼 불쌍한 동물들이 고된 일에서 해방되어 영원히 편하게 쉴 수 있는 행복한 나라가 있어요!" 심지어 모지스는 언젠가 하늘 높이 날아오르다가 그곳에 한 번 가본 적이 있다고 주장했는데 들판에는 토끼풀이 무성하게 펼쳐져 있고 산울타리에서 각설탕 덩어리들이 자라나 있는 것을 보았다고 주장했다. 많은 동물이 모지스의 말을 그대로 믿었다. 동물들은 '현재 삶이 배고프고 힘든 일에 시달리니 어딘가에 더 나은 세상이 있는 것이 옳고 그래야 정당한 게 아닐까?'라고 생각했다. 이해하기 힘든 것은 모지스를 대하는 돼지들의 태도였다. 돼지들은 설탕사탕산에 관한 모지스의 이야기는 모두 거짓이라고 경멸스럽게 말했지만, 모지스가 여전히 하는 일 없이 농장에 머물도록 놔두었고 하루에 맥주 한 잔을 주었다.

복서는 발굽이 아물자 예전보다 더 열심히 일했다. 사실 그 해 동안 모든 동물들이 노예처럼 일했다. 일상적인 농장 일과 풍차 재건 작업 외에도 3월부터는 새끼 돼지들을 위한 학교를 지어야 했다. 부족한 식량으로 오랫동안 일하느라 때때로 참기 힘들었지만 복서는 절대로 흔들림이 없었다. 복서의 말이나 행동을 보면 체력이 쇠한 모습은 어디에도 찾아볼 수 없었다. 다만 전체적인 외모가 조금 바뀌었는데 피부는 예전처럼 윤기가 나지 않았고 커다랗던 엉덩이는 살이 빠져 작아진 듯 보였다. 동물들은 "봄에 새 풀이 돋아날 즈음이면 복서도 예전의 모습을 되찾을 거야"라고 말하곤 했다. 하지만 봄이 와도 복서는 다시 살이 찌지 않았다. 가끔씩 복서가 채석장으로 올라가는 비탈길에서 거대한 돌덩이를 끌고 힘겹게 오르는 모습을 보면 복서에게는 그 일을 해내야 한다는 의지력만이 남은 것 같았다. 그런 때 복서의 입술 움직임은 "내가 더 열심히 일하면 돼"라고 말하는 것 같았지만 막상

목에서 소리가 나오진 않았다. 클로버와 벤저민은 그런 복서에게 거듭 건강을 돌보라고 당부했지만 복서는 여전히 그 말에 신경 쓰지 않았다. 어느새 복서의 열두 번째 생일이 다가오고 있었다. 복서는 은퇴하기 전에 돌을 충분히 쌓아놓을 수 있다면 자기에게 무슨 일이 일어나도 괜찮다고 생각하는 것 같았다.

그 해 여름의 어느 늦은 저녁, 복서에게 무슨 일이 일어났다는 소문이 갑자기 농장에 퍼졌다. 복서가 혼자서 돌덩이를 가득 실은 수레를 풍차가 있는 곳으로 끌고 나간 것이다. 소문은 사실이었다. 몇 분 뒤 비둘기 두 마리가 서둘러 날아와 소식을 전했다. "복서가 쓰러졌어요! 옆으로 누운 채 일어나질 못하고 있어요!"

농장의 동물 중 절반가량이 우르르 풍차가 서 있는 언덕으로 달려나갔다. 거기에는 복서가 마차의 끌채 사이에 끼어 머리를 들지 못하고 목을 쭉 뻗은 채 쓰러져 있었다. 복서의 두 눈은 풀렸고 양 옆구리는 땀으로 뒤범벅되어 있었다. 가는 핏줄기가 입에서 흘러나왔다. 클로버는 복서 옆에 무릎을 꿇고 몸을 낮추어 복서를 살펴보았다.

"복서!" 클로버가 울면서 물었다. "도대체 어떻게 된 거예요?"

"폐를 다쳤나 봐요." 복서는 힘없는 목소리로 대답했다. "하지만 걱정할 거 없어요. 내가 없어도 여러분들은 풍차를 완성할 수 있을 거예요. 내가 모아놓은 돌이 제법 많거든요. 어쨌든 난 은퇴까지 한 달밖에 남지 않았어요. 솔직히 말하면 은퇴할 날만을 기다려왔어요. 그리고 벤저민도 같이 늙어가니까 나와 비슷한 시기에 은퇴해서 함께 지낼 수도 있고요."

"빨리 치료해야 해요." 클로버가 말했다. "누구라도 달려가서 스퀼러에게 무슨 일이 생겼는지 알려주세요."

다른 모든 동물들은 즉시 농가로 달려가 스퀼러에게 이 소식을 전했다. 클로버와 벤저민만이 복서 곁에 남았다. 벤저민은 복서 옆에 앉아 아무런 말없이 긴 꼬리로 파리를 쫓아주었다. 십오 분쯤 지나자 스퀼러가 걱정과 동정이 가득한 얼굴을 하고 나타났다. 스퀼러는 농장에서 가장 충성스럽게 일했던 일꾼에게 벌어진 이 불행한 일로 나폴레온 동무가 심히 안타까움을 느끼고 있으며, 복서를 윌링던에 있는 병원으로 보내 치료를 받도록 이미 조치를 취해놓았다고 전했다. 동물들은 이 말을 듣자 약간 불안함을 느꼈다. 몰리와 스노우볼을 제외하면 아무도 이 농장을 떠난 적이 없었고 더구나 아픈 동무가 인간들의 손에 맡겨지는 상황은 내키지 않았기 때문이다. 하지만 스퀼러는 복서가 농장에서 치료를 받는 것보다 윌링던의 수의사가 더 잘 치료해 줄 거라고 동물들을 안심시켰다. 약 삼십 분쯤 지나 기운을 조금 차린 복서는 힘겹게 일어나 클로버와 벤저민이 자신을 위해 짚으로 잠자리를 마련한 마구간으로 다리를 절며 들어갔다.

이틀 동안을 복서는 마구간에서 보냈다. 돼지들은 목욕탕 약장에서 발견한 분홍색 약 한 병을 보내주었고, 클로버는 이 약을 하루에 두 번씩 식사 후 복서에게 먹였다. 저녁이 되면 클로버는 복서의 곁에 앉아 이야기를 나누었고, 그러는 동안 벤저민은 옆에서 파리를 쫓아주었다. 복서는 이런 일이 생긴 것에 대해 후회하지 않는다고 했다. 복서는 만약 회복이 잘되면 앞으로 3년은 거뜬히 더 살 수 있을 것이고, 목장 한구석에 마련된 은퇴지에서 한가로운 날들을 보낼 수 있으리라 기대한다고 말했다. 그렇게 되면 복서가 난생처음으로 공부를 하고 사색도 즐기며, 마음의 여유를 갖게 될 수 있을 터였다. 복서는 인생의 나머지 시간을 아직 익히지 못한 나머지 알파벳 스물두 자를 배우는 데 쓸 생각이라고 했다.

벤저민과 클로버는 일을 마친 후에야 복서 옆을 지킬 수 있었는데 복서를 데려갈 짐마차가 도착한 때는 아직 한낮이었다. 동물들은 모두 순무밭에서 돼지의 감독 아래 잡초 뽑기에 한창이었다. 그때 농장 건물 쪽에서 벤저민이 목청이 터질 듯 고함을 지르며 달려오는 것을 보고 모두들 깜짝 놀랐다. 벤저민이 그토록 흥분한 모습을 처음 보았기 때문이었다. 사실 그렇게 황급히 달리는 벤저민의 모습을 본 것도 처음이었다. "빨리 와요, 어서어서!" 벤저민이 소리를 질렀다. "빨리 와봐요! 지금 복서를 데려가고 있어요!" 동물들은 돼지의 허락을 기다릴 새도 없이 하던 일을 내팽개치고 농장 건물이 있는 쪽으로 달려갔다. 정말 앞마당에는 두 마리의 말이 끄는 마차가 서 있었다. 마차 옆면에는 어떤 글자가 적혀 있었고, 마부석에는 교활해 보이는 남자가 낮은 중절모를 쓰고 앉아 있었다. 복서의 마구간은 텅 비어 있었다.

동물들이 마차 주위로 모여들었다. "잘 가요, 복서!" 동물들은 한목소리로 작별 인사를 했다. "몸조심해요!"

"이 바보들아, 이 멍청한 바보들 같으니라고!" 그러자 벤저민이 작은 발을 동동 구르고 동물들 주위를 뛰어다니며 외쳤다. "바보들아! 마차 옆에 쓰여 있는 저 글자가 눈에 안 보여?"

벤저민의 말에 동물들은 하던 작별 인사를 멈추고 쥐 죽은 듯 조용히 입을 다물었다. 뮤리엘이 한 글자씩 더듬거리며 읽어나가기 시작했다. 그러나 벤저민이 뮤리엘을 옆으로 밀쳐내고는 조용한 가운데 그 글자를 큰 소리 내어 읽었다.

"'앨프리드 시몬즈, 말 도살 및 아교 제조, 윌링던. 가죽과 골분 거래. 개집 제공.' 저게 무슨 뜻인지 모르겠어? 복서를 도살장에 끌고 가는 거라고!"

동물들의 입에서 한꺼번에 공포에 찬 비명이 터져 나왔다. 바로 그 순간 마부석에 앉은 남자가 말에게 채찍질을 하자

마차는 빠른 속도로 마당을 빠져나갔다. 동물들은 그 뒤를 쫓으며 목청껏 울어댔다. 클로버가 모두를 제치고 맨 앞으로 달려나갔다. 마차에 속력이 붙기 시작했다. 클로버는 뚱뚱한 네 다리로 버둥거리며 달려갔지만 따라잡을 수 없었다. "복서!" 클로버가 고함쳤다. "복서! 복서! 복서!" 그리고 바로 그 순간, 바깥에서 울부짖는 소리를 들었는지 코 아래에 하얀 줄무늬가 있는 복서의 얼굴이 짐마차 뒤의 작은 창에 나타났다.

"복서!" 클로버가 미친 듯이 울부짖었다. "복서! 나와요! 당장 내려요! 저들이 당신을 죽이려고 끌고 가는 거예요!"

클로버의 말에 이어 동물들은 모두 "나와요, 복서, 어서 나와요!" 하고 소리쳤다. 하지만 마차는 이미 속력을 내어 저만치 멀어져가고 있었다. 복서가 클로버의 말을 알아들었는지는 확실치 않았다. 그런데 잠시 후 복서의 얼굴이 창문에서 사라지더니 마차 안에서는 쿵쿵 말발굽으로 걷어차는 소리가 들렸다. 복서가 마차 문을 부수고 빠져나오려 하고 있었다. 옛날 같으면 그런 문쯤은 복서가 발굽으로 차면 박살이 났을 것이다. 하지만 안타깝게도 복서에게는 이제 그럴 힘이 남아 있지 않았다. 얼마 후 발굽으로 차는 소리가 점점 약해지더니 잠잠해졌다. 이내 동물들은 마차를 끄는 말 두 마리에게 멈춰달라고 애원하기 시작했다. "동무들, 이봐요. 동무들!" 동물들이 소리쳤다. "당신들의 형제를 제발 죽음으로 데려가지 마시오!" 하지만 멍청한 짐승들이라 무슨 일이 벌어지는지 알지 못하고 귀를 뒤로 젖힌 채 속력을 더욱 높였다. 복서의 얼굴은 더 이상 창문에 보이지 않았다. 누군가가 마차를 앞질러가 빗장 다섯 개가 달린 농장 정문을 닫으려 했지만 때는 이미 너무 늦었다. 마차는 정문을 순식간에 통과하여 재빠르게 길 아래로 사라져갔다. 그날 이후 다시는 복서를 볼 수 없었다.

그로부터 사흘 뒤, 복서는 가능한 모든 치료를 받았음에도 불구하고 윌링던의 한 병원에서 죽었다고 발표되었다. 스퀼러가 다른 동물들에게 이 소식을 전하려고 왔다. 스퀼러는 복서가 마지막 가는 길을 곁에서 지켰다고 했다.

"내가 본 가장 슬픈 장면이었소!" 스퀼러는 앞발을 들어 눈물을 닦아내며 말했다. "나는 복서의 마지막 순간에 침대 머리맡에 있었소. 임종이 가까워지자 복서는 기운이 쇠약해져 내 귀에 대고 풍차를 완성시키지 못하고 죽게 되는 것이 자신의 유일한 슬픔이라고 말했소. '전진합시다, 동무들이여!' 하고 복서는 속삭였소. '혁명의 이름으로 전진합시다. 동물농장 만세! 나폴레온 동무 만세! 나폴레온 동무는 언제나 옳다' 이것이 복서가 마지막으로 남긴 말이었소, 동무 여러분."

이 말을 마치고 갑자기 스퀼러의 태도가 돌변했다. 스퀼러는 잠시 말을 멈추고 의심 어린 눈초리를 한 채 작은 눈으로 이리저리 동물들을 쏘아보더니 다시 말을 이어갔다.

스퀼러는 복서가 떠난 날에 어리석고 사악한 소문이 돌았다는 사실을 알게 되었다고 했다. 복서를 데려간 짐마차에 '말 도살'이라 쓰인 것을 보고 동물 중 누군가가 복서가 도살장으로 보내졌다고 지레짐작했다는 것이다. 어느 동물이 그렇게 어리석을 수 있는지 믿을 수 없을 정도라고 스퀼러는 말했다. 스퀼러는 빳빳한 꼬리를 휘젓고 껑충껑충 뛰면서 친애하는 나폴레온 동무가 설마 그런 일을 저지르겠냐며 격분한 어조로 소리를 질러댔다. 하지만 설명은 아주 짧았다. 그 마차는 전에는 도살자의 소유였으나 수의사에게 팔렸고 수의사가 미처 옛날 이름을 지우지 않았을 뿐이라고 했다. 그것이 오해가 발생한 이유라는 것이다.

동물들은 그 설명을 듣고 크게 안도했다. 그리고 스퀼러는 계속해서 복서가 임종할 당시의 마지막 모습을 눈에 보이는 듯 상세하게 설명했다. 복서는 마지막까지 훌륭한 치료를 받았으며 나폴레온은 비용에 상관없이 비싼 약을 쓰게 했다고 말했다. 그러자 동물들이 품었던 마지막 남았던 의심은 이내 사라졌다. 복서가 적어도 행복하게 죽었다는 생각을 하자 슬픔은 웬만큼 누그러졌다.

다음 일요일 아침, 나폴레온은 친히 모임에 모습을 드러냈고 복서를 칭송하는 짧은 연설을 했다. 죽은 동무의 시신을 농장으로 옮겨 매장해줄 수는 없었지만 농장의 정원에 있는 월계수로 대형 화환을 만들어 복서의 무덤 앞에 놓도록 지시했다고 말했다. 그리고 돼지들은 며칠 안으로 복서를 기리는 추모 연회를 열 계획을 세우고 있다고 했다. 나폴레옹은 복서가 줄곧 말하던 격언 두 개 '내가 더 열심히 일하면 돼'와 '나폴레옹 동무는 언제나 옳다'라는 구호를 상기시키며 연설을 마무리했다. 그는 이 격언을 모든 동물들이 자신의 것으로 삼는 게 좋을 것이라고 말했다.

추모 연회가 열리던 날, 윌링던의 식료품 가게 마차가 큰 나무 상자 하나를 농장으로 배달했다. 그날 밤 농가에서는 요란한 노랫소리가 들려왔고, 곧이어 밤이 깊어지자 크게 싸우는 듯 시끌벅적한 소리가 들려왔으며, 열한 시쯤에는 유리잔이 깨지는 듯한 소리가 크게 난 후 연회가 끝났다. 다음 날 정오까지 농가에서는 아무도 꿈쩍하지 않았으며 돼지들이 자기들을 위해 위스키 한 상자를 더 살 돈을 어디선가 구했다는 말이 돌았다.

10장

여러 해가 흘렀다. 계절이 몇 번 바뀌는 사이에 수명이 짧은 동물들은 세상을 떠났다. 이제는 클로버, 벤저민, 모지스, 그리고 몇 마리의 돼지들만이 반란이 있었던 시절을 기억할 뿐이었다.

뮤리엘이 죽었고, 블루벨과 제시, 핀처도 죽었다. 존스 역시 명을 달리했는데, 다른 지역에 있는 알코올중독자 치료소에서 죽음을 맞이했다. 스노우볼은 모두의 기억에서 사라졌다. 복서도 그를 알았던 소수의 동물들을 제외하고 농장에서 잊혀갔다. 클로버는 관절이 뻣뻣하고 눈에서는 점액이 자주 흐르는 늙고 뚱뚱한 암말이 되었다. 클로버는 은퇴할 나이를 이미 두 해나 넘겼지만, 지금까지 실제로 동물농장에서 은퇴를 한 동물은 한 마리도 없었다. 목초지 한쪽 구석에 은퇴한 동물들을 위한 자리를 마련해주겠다는 이야기는 이미 사라

진 지 오래였다. 나폴레옹은 이제 몸무게가 150킬로그램이
나 되는 장년의 수퇘지가 되었다. 스퀼러는 눈을 잠시 뜨고
있기가 어려울 만큼 살이 쪘다. 오직 벤저민 영감만이 콧잔
등의 털이 희끗하게 변하고 복서가 죽은 이후로 시무룩해지
고 더욱 말수가 없어진 것 외에는 거의 달라진 것이 없었다.

예전에 기대했던 만큼은 아니지만 지금 농장에는 옛날보
다 훨씬 많은 동물들이 있다. 많은 동물들이 새로 태어났지
만 그들에게 반란이란 그저 입에서 입으로 전해지는 아득한
옛이야기에 지나지 않았다. 동물농장에 팔려오기 전까지 반
란에 대한 이야기를 들어보지도 못한 동물들도 있었다. 농장
에는 이제 클로버 말고도 말이 세 마리 더 있었다. 새로운 말
들은 강직하고 적극적인 일꾼이자 좋은 동료였지만 어리석
은 편이었다. 알파벳 B자 이상을 깨우친 말은 없었다. 그 말
들은 특히 클로버를 거의 부모처럼 존경했기 때문에 반란과
동물주의 원칙에 대한 얘기에 전부 수긍했지만 제대로 이해
했는지는 의심스러웠다.

농장은 예전보다 더욱 번창했고 체계도 많이 잡혔다. 필킹
턴 씨에게서 밭 두 마지기를 사들여 농지의 규모도 더욱 커
졌다. 마침내 풍차도 성공적으로 완성되어 농장은 이제 탈곡
기와 건초 운반기도 갖추었고 새로운 건물도 여러 채 지었다.
휩퍼는 이륜마차를 마련했다. 하지만 풍차는 결국에 전기를

생산하는 용도로 쓰이지 못했다. 대신 곡물을 빻는 데 사용되어 소소한 수입을 가져다주었다. 아직도 동물들은 또 다른 풍차를 짓기 위해 열심히 일했고 풍차가 완공되고 나면 거기에 발전기가 설치될 것이라고 들었다. 하지만 한때 스노우볼이 동물들에게 심어주었던 호사스러운 꿈, 즉 전깃불과 따뜻한 물이 있는 마구간과 일주일에 사흘만 일하는 것은 더 이상 동물들 사이에서 거론되지 않았다. 나폴레옹은 이런 생각들이 동물주의 정신에 어긋난다고 맹렬히 비난했다. 진정한 행복은 열심히 일하고 검소하게 사는 데 있다고 했다.

농장은 예전보다 풍족해졌지만 그곳에 사는 동물들의 삶은 돼지들과 개들을 제외하면 그리 나아진 것이 없었다. 아마도 돼지와 개의 수가 많은 것이 한 이유일 수도 있었다. 이들은 아예 일을 안 하는 것은 아니었고, 자기들 스스로가 주장하는 어떤 종류의 일을 했다. 스퀼러가 늘 설명하듯 돼지들에게는 농장을 조직하고 관리하기 위한 일이 끝도 없이 많았다. 그런 일의 대부분은 무지한 다른 동물들이 이해하기에는 어려운 것들이었다. 스퀼러는 돼지들이 매일 엄청난 노동을 해야 한다고 말했는데, 그 노동이라는 것은 예를 들자면 '문서'니 '보고서'니 '회의록'이니 '비망록'이니 하는 신비한 것들을 만드는 일이었다. 그것들은 글자를 빼곡하게 써넣은 큰 종이들로, 종이가 글자로 모두 채워지고 나면 아궁이에 던져져 불살라졌다. 스퀼러는 그런 일들이 농장의 복지를 위해 가장 중요한 업무라고 말했다. 하지만 돼지나 개는 여전히 직접 일해 먹을 양식을 생산하지 않았다. 또한 그들의 수는 너무 많았고 식욕도 언제나 왕성했다.

다른 동물의 삶은 자신들이 알고 있는 한, 예나 지금이나 변한 것이 없었다. 대부분 굶주리고 지푸라기 위에서 잠을 자고 웅덩이 물을 마시며, 겨울에는 추위와 여름에는 파리들과 싸워가며 하루 종일 농장에서 일을 했다. 나이 든 동물들은 이따금 흐릿한 기억을 더듬어 존스를 추방한 직후가 지금보다 더 살기 좋았던 것인지 아니면 더 못했던 것인지 기억해보려고 애썼다. 그러나 도무지 기억이 나질 않았다. 그들로선 스퀼러가 발표하는, 언제나 좋아지고 있다고 하는 통계 수치 외에는 현재의 삶과 비교해볼 수 있는 것이라고는 아무것도 없었다. 동물들은 도저히 이 문제를 풀 길이 없었다. 하지만 어쨌든 동물들은 그런 문제를 생각할 시간이 없었다. 오직 벤저민만이 그간에 있었던 모든 일을 자세히 기억하고 있었고, 지금의 농장은 이전보다 좋아지지도 나빠지지도 않았고 그렇다고 좋아질 수도 나빠질 수도 없으며 굶주림과 고난과 실망은 삶을 살아가면서 늘 있는 일이라고 말했다.

그럼에도 동물들은 결코 희망을 버리지 않았다. 더욱이 동물농장의 일원이라는 자부심과 명예를 한순간도 잊지 않았다. 영국 전체를 통틀어 동물들이 소유하고 운영하는 농장은 유일하게 동물농장뿐이었다. 동물들 중 누구도, 아주 어린 새끼들은 물론 15킬로미터 혹은 30킬로미터 멀리 떨어진 농장에서 팔려 온 신참 동물들까지도 하나같이 이 사실에 경탄하지 않을 수 없었다. 총소리가 울려 퍼지고 녹색 깃발이 게양대 꼭대기에서 펄럭이는 걸 보고 있노라면 그들의 가슴은 한없는 자부심으로 가득 차올랐고, 그러면 이야기는 언제나 존스를 추방하고 '일곱 계명'을 만들고 큰 전투에서 인간들에 맞서 용감하게 싸웠던 그 옛날 영웅 같던 옛 시절로 거슬러 올라가곤 했다. 동물들은 예전에 품었던 꿈 가운데 어느 하나도 버리지 않았다. 메이저 영감이 예언했던, 인간의 발길이 닿지 않는 곳에 세워질 동물 공화국의 꿈도 여전히 믿었다. 지금이 아닐지라도 언젠가는 실현될 것이고 동물들 생전에 실현되지 않더라도, 그날은 여전히 올 것이라는 믿음이 있었다. 아마도 동물들은 여기저기에서 〈영국의 짐승들〉의 노랫가락을 몰래 흥얼거리고 있을지도 몰랐다. 그 노래를 소리 내어 부르는 동물은 아무도 없었지만 농장의 모든 동물들이 그 노래를 알고 있었다. 비록 자신들의 삶이 고되고 희망이 모두 이루어지지는 않았지만 동물들은 자신들이 다른 농장의 동물들과는 다르다는 사실을 의식하고 있었다. 자신들이 굶주리는 일이 있을지라도 그건 독재하는 인간들을 먹여 살리느라 그런 것이 아니었다. 자신들이 고생스럽게 일한다 해도 그러한 노동은 적어도 동물들 자신을 위한 것이었다. 자신들 중 누구도 두 발로 걷는 동물은 없었다. 자신들 중에 어느 동물도 다른 동물을 '주인님'이라고 부르지 않았다. 모든 동물들은 평등했다.

초여름의 어느 날, 스퀼러는 양들에게 자기를 따라오라고 명령하더니 농장 한쪽 끝에 있는 어린 자작나무가 무성하게 자란 황무지로 양들을 데리고 갔다. 양들은 그곳에서 스퀼러의 감독 아래 자작나무 잎을 하루 종일 뜯어먹었다. 스퀼러는 양들에게 날씨가 따뜻하니 그곳에 남아 있으라고 하고는 혼자 농장으로 돌아왔다. 양들은 그곳에서 일주일을 보냈고 그동안 다른 동물들은 양들을 보지 못했다. 스퀼러는 매일 대부분의 시간을 양들과 함께 있었다. 스퀼러는 그간 양들에게 비밀로 해야 할 새로운 노래를 가르쳤다고 말했다.

양들이 돌아오고 얼마 되지 않아 일을 마친 동물들이 농가로 돌아오던 평온한 저녁 시간에 갑자기 겁에 질린 말의 울음소리가 뜰에 울려 퍼졌다. 깜짝 놀란 동물들은 가던 길을 멈추었다. 클로버의 울음소리였다. 클로버가 다시 울음소리를 내자 모든 동물들은 전속력으로 마당으로 달려갔다. 이윽고 그들도 클로버가 본 것을 볼 수 있었다.

돼지 한 마리가 뒷다리로 걷고 있었다.

그랬다. 바로 스퀼러였다. 그 상당한 덩치를 두 다리로 지탱하는 것이 익숙하지 않은 듯 약간 어색했지만 완벽한 균형을 유지하면서 뒷발로 서서 마당을 거닐었다. 조금 지나자 농가 문밖으로 돼지 무리가 뒷발로 서서 줄지어 걸어 나왔다. 다른 돼지들보다 잘 걷는 돼지들이 있는가 하면, 지팡이가 필요해 보이는 돼지들도 한두 마리 있었다. 아무튼 모두들 넘어지지 않고 제대로 마당을 걸어 다녔다. 개들이 요란하게 짖어대는 소리와 수탉의 날카로운 울음소리가 들리더니 두 다리로 꼿꼿이 서서 좌우로 거만한 눈길을 던지며 나폴레옹이 걸어 나왔다. 개들이 나폴레옹 주위를 뛰어다녔다.

나폴레옹의 앞발에는 채찍이 들려 있었다.

숨 막히는 정적이 감돌았다. 놀라고 겁먹은 동물들은 천천히 마당을 돌며 행진하는 돼지 무리의 긴 행렬을 지켜보았다. 마치 세상이 거꾸로 뒤집힌 것 같았다. 처음의 충격이 가실 즈음, 동물들은 개에 대한 두려움과 어떤 일에도 불평과 비난을 하지 않던 오래된 습관에 거슬러서라도 항의를 하려던 참이었다. 하지만 바로 그 순간, 무슨 신호라도 받은 것처럼 양들이 일제히 소리 높여 외쳐대기 시작했다.

"네 발도 좋고, 두 발은 '더' 좋다! 네 발도 좋고, 두 발은 '더' 좋다! 네 발도 좋고, 두 발은 '더' 좋다!"

외침은 쉼 없이 오 분간 계속되었다. 양들이 잠잠해졌을 때는 이미 돼지들이 농가로 돌아가 버린 뒤라 동물들은 항의할 순간을 놓쳐버렸다.

벤저민은 누군가 자신의 어깨에 코를 비비는 것을 느꼈다. 돌아보니 클로버였다. 클로버의 눈은 나이가 들면서 더욱 침침해졌다. 아무 말 없이 클로버는 벤저민의 갈기를 조심스럽게 끌어당겼고 '일곱 계명'이 적힌 큰 헛간 벽 쪽으로 이끌었다. 몇 분간 둘은 가만히 서서 흰 글씨가 적힌 벽을 응시했다.

"내 눈이 더 어두워졌나 봐요." 마침내 클로버가 입을 열었다. "하긴 젊었을 때도 난 저기에 쓰인 글씨를 제대로 읽을 수 없었지만 말이에요. 그런데 어쩐지 벽이 좀 달라 보여요. 벤저민, '일곱 계명'이 예전에 적힌 그대로 있는 거예요?"

벤저민은 이런 일에 끼어들지 않는다는 자신만의 규칙을 이번만 어기기로 마음먹고 벽에 적혀 있는 글을 클로버에게 읽어주었다. 단 하나의 계명만이 남아 있었다. 그 계명은 이러했다.

모든 동물은 평등하다.
그러나 어떤 동물은 다른 동물보다 더 평등하다.

그날 이후로 앞발에 채찍을 들고 농장 일을 감독하는 돼지들의 모습이 이상해 보이지 않았다. 자신들이 쓰려고 라디오를 구입하고 전화도 놓을 계획이며, 〈존 불〉이니 〈팃비츠〉니 〈데일리 미러〉니 하는 신문과 잡지를 구독 신청했다는 소식이 들려왔는데도 이상하게 느껴지지 않았다. 나폴레온이 입에 파이프를 물고 농가 정원을 산책하는 모습도 이상해 보이지 않았다. 심지어 돼지들이 농가에 있는 옷장에서 존스 씨의 옷을 꺼내 입는 것도 이상하지 않았다. 나폴레온이 검정 코트에 반바지로 된 사냥복과 가죽으로 된 각반을 차고 나타난 것도, 또 나폴레온의 총애를 받는 암돼지가 존스 부인이 일요일마다 입곤 하던 물결무늬 비단옷을 입고 나타났을 때도 이상하지 않았다.

일주일이 지난 어느 날 오후, 이륜마차 여러 대가 농장으로 올라왔다. 이웃 농장주 대표단이 초대를 받고 동물농장을 시찰하러 온 것이었다. 농장주들은 농장을 구석구석 둘러보며 눈에 보이는 것마다 칭찬을 아끼지 않았다. 특히 풍차를 보고는 칭찬을 더욱 아끼지 않았다. 동물들은 밭에서 잡초를 뽑고 있었다. 동물들로서는 돼지들을 더 무서워해야 할지 아니면 방문한 인간들을 더 무서워해야 할지 알 수 없어 땅바닥만 내려다보며 부지런히 일했다.

그날 저녁, 농가에서는 요란한 웃음소리와 노랫소리가 흘러나왔다. 그런데 돼지와 인간의 목소리가 뒤섞여 들려오자 동물들은 문득 호기심이 생겼다. 처음으로 동물과 인간이 동등한 자격으로 만나고 있는데 지금 거기서 무슨 일이 벌어지고 있는 것일까? 그들은 일제히 발소리를 죽여 농가로 기어 갔다.

농가 정문 앞에 다다르자 동물들은 덜컥 겁이 나 멈칫했지 만 클로버가 앞장서서 안으로 들어갔다. 그들은 발끝으로 걸어 농가로 다가갔고 키가 큰 동물들은 응접실 창문 안을 들여다보았다. 거기에는 농장주 여섯 명과 돼지들 중에서도 고위급 돼지 여섯이 타원형으로 된 식탁 주위에 앉아 있었고 나폴레옹이 식탁의 상석을 차지하고 있었다. 의자에 앉아 있는 돼지들의 모습은 아주 편안해 보였다. 그들은 카드 게임을 하던 중이었고, 지금은 술을 한 잔씩 더 돌리려고 잠시 쉬는 것 같았다. 커다란 맥주잔들이 돌았고 빈 잔은 맥주로 채워졌다. 동물들이 놀란 표정으로 창 안을 들여다보고 있다는 것을 아무도 눈치채지 못했다.

폭스우드 농장의 필킹턴 씨가 손에 맥주잔을 들고 자리에서 일어났다. 필킹턴은 모두에게 건배를 제의할 생각인데 그전에 몇 마디 말하고 싶다고 했다.

필킹턴은 그간의 오랜 불신과 오해가 이제 말끔히 풀려 만족스럽게 생각하며 이곳에 참석한 누구나 필시 같은 생각인 줄 안다고 했다. 과거 한때는, 필킹턴 자신이나 지금 이 자리에 참석한 사람들은 아무도 그런 생각을 한 적은 없었지만,

서로 이웃하고 있는 인간들은 이 동물농장의 존경할 만한 주인에게 적개심이라고 할 수는 없어도 약간의 의구심을 가진적이 있기는 했다. 불행한 사건들이 일어났고 서로 간에 오해가 생기기도 했다. 돼지들이 주인이 되어 운영하는 농장이 있다는 것이 어딘지 비정상으로 느껴졌고 자칫하면 이웃 농장에 안 좋은 영향을 끼칠 수도 있다고 생각했다. 농장주 대부분이 정확히 알아보지도 않고 이런 농장에서는 아마도 방종과 무질서가 판을 칠 것이라고 처음부터 속단해버렸다. 그들은 자기네 동물들이나 일꾼들에게도 좋지 않은 영향을 끼칠까 봐 신경이 쓰였다. 하지만 이제 그런 의구심은 말끔히 사라졌다. 오늘 자기와 동료들은 동물농장을 방문해서 자신의 눈으로 직접 농장을 속속들이 조사했고, 결국 무엇을 발견했는가? 가장 최신의 영농법뿐만 아니라, 모든 농장주에게 귀감이 될 만한 규율과 질서를 보았다. 동물농장의 하등 동물들은 이 지역의 어느 농장 동물들보다도 일을 많이 하면서 식량은 적게 먹는 효율성을 발휘하고 있었다. 오늘 동물농장을 방문한 자기와 동료들은 정말 자신들 농장에 즉시 도입하고 싶은, 많은 방법을 목격했다는 것이다.

필킹턴은 마지막으로 동물농장과 이웃 농장들 사이에 지금도 유지해왔고 앞으로도 꾸준히 유지해야 할 우의를 다시 한 번 강조하면서 말을 마치겠다고 했다. 지금까지 돼지들과 인간들 사이에는 어떤 이해관계의 충돌도 없었고 또 그럴 필요도 없었다. 그들의 분투와 어려움은 하나였다. 노동문제는 어디서나 같지 않았던가? 이 대목에서 필킹턴 씨는 자신이 미리 준비한 재치 있는 말을 꺼내려고 했다. 하지만 그 말을 시작하기도 전에 필킹턴은 자기가 할 말에 스스로 웃음이 터져 나와 목이 막히고 말았다. 필킹턴은 접힌 턱이 벌겋게 달아오르도록 한참을 콜록거리더니 겨우 입을 열었다. "여러분에게 힘들여 다뤄야 할 하등 동물이 있다면." 필킹턴이 이어서 말했다. "우리에게는 힘들여 다뤄야 할 하층계급이란 것이 있습니다!" 필킹턴의 기지 넘치는 발언에 좌중들이 한바탕 웃어댔다. 그리고 필킹턴 씨는 다시 한 번 동물농장에서 목격한 적은 식량 배급과 긴 노동시간, 그리고 방종이 없는 분위기 등에 찬사를 보냈다.

그리고 마지막으로 필킹턴은 모두 자리에서 일어나 잔을 가득 채우라고 권했다. "신사 여러분!" 필킹턴 씨가 외쳤다. "신사 여러분. 자, 건배합시다. 동물농장의 번영을 위하여!"

우레와 같은 박수 소리와 발 구르는 소리가 들렸다. 나폴레온은 매우 만족하여 자리에서 일어나 식탁을 돌아가서 필킹턴과 잔을 부딪친 다음 술잔을 비웠다. 환호성이 가라앉자 나폴레온이 여전히 두 다리로 선 채 자기도 한마디 하고 싶다는 뜻을 전했다.

나폴레온의 발언은 늘 그랬듯 간단명료했다. 나폴레온 역시 이제서라도 오해가 풀어져 다행이라 생각한다고 말했다. 그리고 그간 자신과 돼지들의 사상이 파괴적이고 심지어는 혁명적이기까지 하다는 소문들이 악의를 품은 적들 때문에 나돌게 됐다고 덧붙였다. 그리고 자신들이 이웃 농장의 동물들을 부추겨 반란을 도모하고 있는 것으로 오해를 받았는데 이는 전혀 사실이 아니다! 자기들에게 유일한 소망이 있다면 그것은 바로 지금도 그렇고 예전에도 그랬듯이 이웃 농장들과 정상적으로 사업적인 거래를 하면서 평화롭게 살아가는 것이다. 덧붙여 자신이 영광스럽게도 관리를 맡고 있는 이 농장이야말로 협동기업이라고 말했다. 자신이 가지고 있는 농장 권리 증서는 돼지들의 공동소유라는 것이다.

나폴레온은 지난날의 의혹이 아직도 남아 있다고는 생각하지 않지만 농장의 관행들 가운데 일부를 최근 바꾸기로 했고, 이것은 서로의 신뢰를 더욱 강화시키는 효과를 불러올 것이라고 말했다. 지금까지 농장의 동물들은 서로를 '동무'라고 불러왔지만 이는 우스꽝스러운 습관으로 앞으로 전면 금지시킬 방침이라고 했다. 그리고 언제 시작되었는지 모르지만 또 하나 매우 이상한 관습이 있는데, 일요일 아침마다 마당에 있는 게양대에 못으로 박아놓은 수퇘지의 해골 앞을 행진하는 것으로 이 역시 금할 것이라고 했다. 그 두개골은 이미 땅에 묻혔다고 덧붙였다. 오늘 온 방문객들은 게양대 꼭대기에 펄럭이는 녹색 깃발을 보았을 텐데 이전에 흰색으로 그렸던 발굽과 뿔이 지금은 사라진 것도 알아차렸을 것이다. 앞으로는 그냥 단순한 녹색 깃발을 사용할 것이라고 했다.

나폴레온은 필킹턴 씨의 우정에 찬 훌륭한 연설에서 단 하나 이의를 제기하고 싶은 내용이 있다고 덧붙였다. 필킹턴 씨는 연설을 하는 내내 계속해서 이 농장을 '동물농장'으로 불렀으나 이제 그 명칭은 폐지되었다는 것이다. 필킹턴 씨가 몰랐던 것은 당연한 것으로 이 사실을 자신이 처음 발표하는 것이기 때문이다. 이제부터 이 농장을 '장원농장'이라 부를 것이며 이는 본래 이 농장의 정확한 이름인 것으로 알고 있다고 말했다.

"신사 여러분." 나폴레온이 마지막으로 말했다. "아까 필킹턴 씨가 했던 것처럼 나도 건배를 청하고 싶소. 하지만 이번에는 다른 말로 하겠소. 자, 여러분의 술잔을 가득 채우시오. 건배합시다. '장원농장'의 번영을 위하여!"

이번에도 아까처럼 우레와 같은 환호성과 박수갈채가 터져 나왔고 모두들 술잔에 가득 든 술을 들이켰다. 그런데 밖에서 이 광경을 지켜보던 동물들은 무언가 이상한 일이 일어나고 있는 걸 느꼈다. 돼지들의 얼굴에 무슨 변화가 일어난 것 같은데 도대체 뭐가 변한 것일까? 늙어서 침침해진 클로버의 눈동자가 돼지들의 얼굴을 이 얼굴에서 저 얼굴로 이리 저리 옮겨 다녔다. 어떤 돼지는 턱이 다섯 겹이었고, 어떤 돼지는 네 겹, 어떤 돼지는 세 겹이었다. 그러나 점점 녹아내리면서 모습이 바뀌어가는 것처럼 보이는 것은 도대체 왜일까? 어느덧 환호가 잠잠해졌다. 돼지들과 인간들은 중단했던 카드 게임을 다시 계속했고 창밖에서 이를 지켜보던 동물들은 조용히 그곳을 빠져나갔다.

하지만 동물들은 채 20미터도 못 가 걸음을 멈추었다. 농가에서 요란한 고함이 흘러나왔던 것이다. 동물들은 재빨리 다시 창문으로 달려가 안을 들여다보았다. 아니나 다를까 험악한 입씨름이 벌어지고 있었다. 고함을 지르고, 탁자를 탕탕 내려치고, 의심에 찬 날카로운 눈초리로 서로를 노려보며 상대가 하는 말에 그게 아니라며 격렬하게 언성을 높이는 목소리들로 가득했다. 보아하니 나폴레옹과 필킹턴 씨가 동시에 스페이드 에이스를 내놓은 것이 싸움의 발단이었다.

열두 개의 화난 목소리가 고함을 지르고 있었는데 그들은 하나같이 비슷했다. 돼지들의 얼굴에 무슨 변화가 일어났는지 이제 의심할 여지가 없이 확실했다. 밖에서 지켜보던 동물들은 돼지에서 인간으로, 인간에서 돼지로, 다시 돼지에서 인간으로 번갈아 고개를 돌리며 쳐다보았다. 하지만 누가 돼지고 누가 인간인지 이미 구별할 수 없었다.

《동물농장》과 배반당한 혁명

– 박경서 (영문학 박사, 번역가 겸 문화 평론가)

사회주의혁명의 메타포,《동물농장》

《동물농장》은 조지 오웰을 일약 세계적인 작가로 만들어
준 작품이다. 1945년 세커 앤 워버그 출판사에서 출간된 이
소설은 오웰의 마지막 소설《1984》와 함께 고전의 반열에
올라, 오늘날까지도 꾸준히 독자들의 사랑을 받고 있다. 미국
의 철학자 리처드 로티가 "좌파 정치 토론에서나 있을 법한
20세기의 복잡한 역사를 어린이도 이해할 수 있을 만큼 쉽게
공격했다"고 찬사를 보냈듯이 이 소설은 폭넓은 독자층을 보
유하고 있는데, 어린이는 어린이대로, 어른은 어른대로 내용
을 받아들이는 스펙트럼이 다양하기 때문이다.

《동물농장》은 동물들이 등장해 우스꽝스러운 행동으로 웃
음과 재미를 제공하는 동물우화지만, 본질적으로는 정치소설
이다. 작가가 드러내고자 하는 직접적인 주제를 숨기고 다른
주제를 사용하여 본래의 의도를 전달하는 문학 기법인 '알레

고리'를 이용하여 당대의 정치적 문제를 다루고 있다. 그러므로 독자들은 이 소설 속의 동물들은 개별적 특성만을 지닌 것이 아니라 사회집단의 역사적인 일원으로 존재하고, 또 그들의 행위에는 당시의 엄청난 역사적 진실을 내포하고 있다는 사실을 명심해야 한다. 이런 사실에 입각해서 읽는다면《동물농장》은 1917년 러시아혁명과 그 후에 일어난 스탈린 체제의 실상을 노골적으로 공격한 풍자소설임을 알 수 있다. 다시 말해 이 소설은 '실천철학'으로서의 '마르크스적 이상'에서 출발한 러시아혁명이 스탈린이라는 한 개인의 전제정치로 전락하고 만 러시아의 정치적 상황을 고발한 작품이다. 따라서 이 소설 속의 모든 동물과 사건은 실존 인물이나 사건의 전형적인 형태를 고도의 비유적 수법으로 암시하고 있다. 우선 독자들의 이해를 돕기 위해 각 동물들이 당시의 역사적 사실 속에서 어떤 인물들을 반영하는지 열거해보겠다.

메이저 영감

메이저 영감은 동물농장에서 혁명의 씨앗을 최초로 뿌린 동물이다. 메이저 영감이 누구를 가리키는지는 학자들 사이에서도 의견이 갈린다. 혁명의 기본적 이론과 이상을 소개했다는 점에서 '마르크스'를 가리키기도 하고, 러시아혁명의 지도자인 '레닌'을 반영하기도 한다. 마르크스가 러시아혁명을 보지 못하고 죽었다는 점과 메이저 영감이 농장에서 혁명이 일어나기 전에 죽었다는 점은 서로 비슷하다. "인간은 생산하지는 않으면서 소비만 하는 유일한 동물이오"라는 메이저 영감의 말은 자본가들과 부자들은 스스로 생산하지 않고 노동자들로부터 부를 착취한다는 마르크스의 이상을 반영한다.

레닌의 시신이 모스크바의 붉은광장에 안치되어 영구 보존되어 있고, 메이저 영감의 두개골 역시 게양대 밑 그루터기 위에 총과 나란히 배치해놓았다는 점에서 메이저 영감은 레닌을 가리키기도 한다.

돼지들

장원농장에서 존스를 쫓아내고 동물농장을 세운 반란의 주체 세력이다. 장원농장은 중세 봉건제도에서 토지 소유의 한 형태로, 귀족이나 사원에 속한 농장이다. 혁명이 성공한 후 '동물농장'으로 바뀌었던 이름이 돼지들에 의해 다시 '장원농장'이 된 것은 그 자체로 러시아혁명에 대한 풍자이다. 여기서 돼지들은 거대한 러시아의 관료제를 무너뜨리고 혁명을 이끈 볼셰비키 지식인들을 가리킨다.

나폴레온

장원농장에서 존스를 쫓아낸 후 동물농장을 세운 혁명의

중심 동물로 러시아혁명기의 '스탈린'을 가리킨다. 이후 스노우볼과의 권력투쟁에서 그를 추방하고 모든 권력을 독점하게 된다. 나폴레옹은 계급 없는 평등 사회를 지향했던 메이저 영감의 이상주의가 결여된 정치적 기회주의자다.

스노우볼

1905년, 러시아혁명 과정에서 중심 역할을 한 공산주의 혁명가인 '레온 트로츠키'를 가리킨다. 스탈린과 권력투쟁을 벌이다 1929년에 소련에서 추방당했다. 그 뒤 죽을 때까지 스탈린주의에 맞서 진정한 공산주의 전통을 살리고 그것을 혁명으로 구현하기 위해 투쟁을 벌였다. 스노우볼은 혁명적 이상주의를 실천하고자 희생도 감수하는 동물로 묘사되지만 트로츠키처럼 그의 이상은 실현되지 못한다.

스퀼러

가장 수수께끼 같은 동물이다. 혁명 후 새로운 사회를 건설하는데 중요한 역할을 한 돼지 중 하나로, 뛰어난 '정치 선동가'이자 '기회주의자'이다. 대부분의 사회에 존재하고 있는 정치 선전 기구의 거대한 선전 활동을 의미한다. 스퀼러는 무지한 동물들에게 끊임없이 그럴듯한 거짓과 환상을 심어 고달픈 현실을 참도록 유도한다. 오웰은 스퀼러를 이용해, 권력을 쥔 세력들이 사회적·정치적 통제를 가하기 위해 수사와 언어로 진실을 어떻게 왜곡하는지를 보여준다.

복서

키가 무려 180센티미터에 육박하는 거대한 말로, 러시아 혁명기의 프롤레타리아트를 상징한다. 복서는 모든 사회체제의 성공에 꼭 필요한, 정직하고 열성적이며 무지한 일반 노동자를 대변한다. 그리고 부분적으로 소련 노동자들의 생산성향상운동을 뜻하는 '스타하노프운동'의 창시자인 소련의 광부 스타하노프를 가리키기도 한다. 복서와 같은 노동자는 독재나 전체주의 정권 아래에서 필연적으로 착취당하는 존재이다.

벤저민

동물농장에서 가장 복잡한 동물이다. 누가 권력을 쥐든 삶은 바뀌지 않고 여전히 불유쾌하리라는 것을 확고히 믿고 있는 '냉소주의자'이며 또 많은 사실적 이론의 진실성을 의심하는 '회의론자'이기도 하다. 모든 동물 중에서 그 혼자만이 농장에서 일어나고 있는 변화를 알고 있지만 돼지들에 맞설 의지도 능력도 없다. 오웰은 힘 있는 지식인도 신념이나 이상이 없다면 아무 소용이 없다는 것을 벤저민을 통해 고발하고 있다.

클로버

수레를 끄는 암말로 동물농장의 모성적 존재다. 복서의 단순한 선善과 힘의 특질을 보완한다. 클로버는 종종 돼지들이 일곱 계명을 어긴다고 의심하지만 끊임없이 자신이 잘못 기억한 것이라고 믿는다. 클로버는 어떤 다른 동물보다도 동정심과 친절함을 많이 보여줌으로써 억압받는 동물들에게 안락함을 주고 힘의 원천으로 작용한다.

몰리

존스의 마차를 끌었던 성격이 변덕스러운 암말로 클로버와 대조를 이룬다. 몰리는 반란 후 새로운 환경에 적응하지 못하고 도망치는데, 이는 러시아혁명이 일어난 지 몇 년 후 러시아로부터 도망친 프티부르주아 계급의 사람들을 나타낸다.

개

스탈린의 통치 기간 동안 행해진 정치적 숙청의 직접적인 실행 기관이었던 소비에트 연방의 비밀경찰, 내무 인민위원회NKVD를 가리킨다. 개들은 나폴레온의 반대파를 숙청하는 데 있어 중요한 역할을 한다. 나폴레온은 이 개들이 새끼였을 때 비밀리에 데려다 훈련시켜 자신의 권력욕 달성에 이용한다. 스노우볼 역시 이 개들에 의해 쫓겨난다.

양

개와 더불어 나폴레온의 권력 독점에 중요한 '선전대' 역할을 하는 동물이다. 양들은 무지한 대중을 대변하며, 대중이 어떻게 조종될 수 있는가를 보여주고 있다. 나폴레온에 반대하는 의견이 제시될 때마다 양들은 "네 발은 좋고, 두 발은 나쁘다!"라고 외치며 방해한다.

모지스

동물들이 죽어서 가게 될 천국인 '설탕사탕산'에 대한 이야기를 퍼뜨리는 까마귀로 러시아정교회에 대한 메타포다. 오웰은 러시아정교회를 국가의 정치적 도구로 보았다. 이 소설에서 모지스의 역할은 미약하지만 오웰은 그를 통해 공산주의자들이 피착취자들의 민심을 달래기 위해 종교를 어떻게 이용하고 있는지를 잘 보여주고 있다.

뮤리엘

메이저 영감의 회합에 참가한 똑똑한 흰 염소로 읽는 법을 배우지만, 읽은 것에 대해 올바른 판단을 내리지 못한다. 뮤리엘은 벽에 적힌 모든 것이 사실이라고 믿으며 일곱 계명이 돼지들에 의해 바뀌었을 때도 결코 질문을 하지 않는다.

존스

동물들이 반란을 일으켜 동물농장을 설립하기 전 장원농장의 주인이다. 그는 동물들을 굶기고 자신의 배를 채우는 부도덕한 농장주로 러시아 황제 '니콜라스 2세'를 가리킨다. 니콜라스 2세가 러시아혁명의 원인을 제공했다면 존스는 농장에서 반란의 원인을 제공한 인물이다.

프레더릭

동물농장 이웃에 있는 핀치필드 농장을 경영하는 인간이며 나치 독일의 '히틀러'를 가리킨다. 목재 거래는 1939년 히틀러와 스탈린 사이에 있었던 독소불가침조약에 대한 알레고리다. 오웰이 프레더릭을 동물들을 잔인하게 대하는 인물로 그리는 이유는 히틀러 정권하에서 나치 독일이 모든 유대인을 학살하려 자행했던 홀로코스트를 폭로하기 위함이다.

필킹턴

동물농장 이웃에 있는 폭스우드 농장을 경영하는 낙천적인 농부다. 필킹턴은 영국과 미국의 자본주의 정부를 대변한다. 좁게는 '윈스턴 처칠'을 가리키기도 한다.

휨퍼

나폴레온이 고용한, 동물농장과 인간 사회 사이를 오가는 중개인이다. 나폴레온은 휨퍼를 통해 프레더릭, 필킹턴과 복잡한 협상을 벌인다.

비둘기

주요 등장인물은 아니지만 간과해서는 안 되는 존재다. 스탈린 치하의 소비에트 연방은 경제적 및 사회적 성취를 자랑하듯 알렸다. 이 소설에서도 스노우볼과 나폴레온은 다른 농장에 비둘기를 보내 반란을 선동한다.

《동물농장》은 어떻게 나왔나

　오웰은 1920년대에 버마(오늘날의 미얀마)에서 제국주의 경찰로서 제국주의의 폐해를 직접 목도했을 뿐 아니라 1930년대에는 스페인 내전에 의용군으로 참전하여 파시즘, 나치즘, 스탈린주의로 대변되는 전체주의가 만든 절망적 상황을 인식했다. 1934년에 오웰은 한 친구에게 "나는 이 시대가 너무 역겨워 길을 가다 어느 구석에 멈추어 저주를 내려 달라고 하느님께 빈 적도 있다네"라고 말한 것에서 알 수 있듯이 그는 전체주의가 개인적 존재로서의 인간을 무력하게 만들고 있음을 직시하고 있었다.

　〈나는 왜 쓰는가〉라는 에세이에서 오웰은 "내가 쓴 진지한 작품의 모든 구절은 하나같이 직접적으로든 간접적으로든 전체주의를 반대하고 내가 이해하고 있는 민주적사회주의를 옹호하는 글이었다"고 밝혔다. 이처럼 오웰 문학에 있어

두 개의 중요한 키워드는 '반전체주의'와 '민주적사회주의'다. 오웰은 전체주의 중에서도 특히 스탈린주의에 대해 극도로 민감한 반응을 보였다. 그는 1917년에 차르 정권을 무너뜨린, 마르크스주의에 입각한 노동자혁명이 스탈린의 등장 이후 애초의 혁명 정신이 사라지고 전체주의적 상황으로 변질되어 가는 것을 예의 주시하고 있었다. 당시 영국의 좌파들은 대부분 모스크바 대숙청에 대해 잘 몰랐고 나치와 소련 사이에 1939년에 체결된 독소불가침조약을 찬성하는 상황이었다. 이런 분위기에서 오웰은 "지금 대부분의 영국 사람들은 소련 정권에 대해 환상 속에 사로잡혀 있다. 서유럽 사람들은 소비에트 정권의 실체를 정확히 봐야 한다"고 경고하기에 이르렀고 이후 전체주의 사회의 미래에 대한 경고에 온 힘을 바치게 된다.

그래서 오웰은 사회주의혁명의 성공과 실패에 대한 소설을 구상하게 된다. 그런데 문제는 당시 아직 제2차 세계대전이 진행 중이었고 소련이 연합군 쪽에 가담해 영국을 도와주고 있어 스탈린은 나치즘을 방어하는 영웅으로 찬양받는 미묘한 상황이었다. 당시 유럽의 정치 상황에서 소련의 공산주의를 대놓고 비난한다는 것은 있을 수 없는 일이었기 때문에 오웰은 러시아혁명의 실패를 정치적 알레고리 수사법을 이용한 우화를 통해 보여줄 수밖에 없었다. 동물들이 독재에

항거해 반란을 성공적으로 일으키지만, 후에 내부의 권력투쟁으로 인해 타락한다는 이야기를 쓰는 것이 최선의 방법이었던 것이다. 동물들을 등장시킨 정치적 알레고리는 당시의 정치적 상황을 비켜가면서도 문학적 특성을 잘 살릴 수 있는 문학 장치였기 때문이다.

이런저런 이유로 무려 6년 동안이나 머릿속에 넣어두었던 동물우화를 드디어 마무리했을 때 오웰은 또 다른 어려움에 봉착했다. 어느 출판사도 이 소설을 선뜻 발간해 주려 하지 않는 것이다. 앞서 이야기했듯 스탈린이 연합군 쪽에 가담했기 때문에 영국과 미국 양쪽으로부터 스탈린이 높게 평가받고 있던 시기였다. 이런 복잡한 시기에 언론이나 정계의 지도자들은 소련 독재자의 신경을 건드리는 공격적인 말을 삼갔다. 골란츠 출판사는 "그 사람들(소련 사람들)이 우리를 위해서 싸우고 있고, 스탈린 덕분에 우리는 살아남을 수 있기 때문입니다"라는 짧은 메모와 함께《동물농장》의 출판을 거절했고, 조너선 케이프 출판사는 영국 정보청 관리로부터 그런 책은 출판하지 말라는 자문을 듣고 출간을 보류했다. 이렇게 영국과 미국에서 무려 12곳의 출판사가 당시의 정치적 상황을 이유로 출간 거절 의사를 밝혀 오웰은 자비로 출간하려는 마음까지 가졌다.

그러다가 천신만고 끝에 1945년 8월에서야 세커 앤 워버 그 출판사에 의해 간신히 《동물농장》을 출간할 수 있었다. 출간되자마자 예상과는 달리 독자들의 호응이 대단해 폭발적 판매 부수를 기록했고 비평가들의 찬사도 쏟아졌다. 정치적 색채가 짙은 진보 작가 정도로만 여겨져 왔던 오웰은 이제 영국 문단에서 중요한 작가 중 한 사람으로 급부상하기에 이르렀다. 《동물농장》은 70년이 지난 오늘날에는 미국 시사 주간지 〈타임〉에 의해 100대 영문 소설로, 미국 하버드 대학교의 필독서로 선정되기도 했으며 국내에서도 스테디셀러로서 오웰 소설의 인기를 주도하고 있다. 그러면 《동물농장》에 등장하는 주요 에피소드를 중심으로 오웰의 문학 속 사상을 살펴보겠다.

메이저 영감의 연설

메이저 영감은 동물들을 헛간에 모아놓고 인간은 생산은 하지 않고 소비만 하는 유일한 동물이며, 동물들이 생산한 것을 모두 빼앗아 동물들에게는 알몸뚱이 이외엔 아무것도 남는 것이 없다고 연설한다. 따라서 인간은 동물들의 유일한 적이며 인간을 농장으로부터 추방해야 한다고 설파한다. 메이저가 말한 혁명 신조의 기본 원칙은 동물들은 결코 인간처럼 되어서는 안 된다는 것과 모든 동물은 평등하다는 것이다.

오웰이 《동물농장》 우크라이나판의 작가 서문에서 마르크스 이론을 동물들의 입장을 통해 분석하려 했다고 말했듯이, 메이저 영감의 연설은 마르크스와 엥겔스가 함께 집필한《공산당 선언》의 이상에 대한 패러디라 볼 수 있다. 프롤레타리아계급은 혁명을 통해 부르주아계급으로부터 자본을 빼앗고, 모든 생산도구를 국가의 수중에 두고 노동자들이 생산의 부를 떠맡아 공평히 공유할 수 있다는 것이다. 마르크스의 이상이 "전 세계의 노동자여, 단결하라!"로 귀결되는 것처럼, 메이저 영감의 "인간들만 몰아내면 우리가 힘써 일한 대가가 고스란히 우리 것이 될 수 있단 말이오"라는 대목이나 "인간들은 모두 우리의 적이고 동물들은 모두 우리 동지다"라는 내용은 마르크스주의 슬로건의 재현이라고 볼 수 있다.

동물주의와 일곱 계명

동물들, 특히 나폴레온, 스노우볼, 스퀼러를 위시한 돼지들은 메이저 영감의 가르침을 '동물주의'라 명명하고 그것의 본질과 사상 체계를 동물들에게 주입시킨다. 그리고 반란의 주체 세력이 되어 존스 일당을 추방하고 '장원농장'이 아닌 '동물농장'을 세운다. 돼지들은 새로운 동물농장을 위한 일종의 헌법이자 동물주의의 실천철학이라 할 수 있는 '일곱 계명'을 공표한다. 이 계명은 이 소설에서 전개되는 사건에 중요한 근거를 제공한다. 독자들이 특히 관심을 가지고 읽어야 할 대목 중 하나는 동물주의의 실천 강령인 일곱 계명이 나폴레옹의 전제정치로 인해 서서히 변질되어 가는 과정이다. 일곱 계명은 혁명의 이상적 정신을 담보하고 있는데, 동물들의 반란은 일곱 계명의 이상에 비추어 볼 때 처음에는 성공적인 것처럼 보인다. 그러나 혁명 주체자들인 돼지들의 권력 욕구에 따라 점차로 수정과 소멸을 거쳐 소설 마지막에서 "모든 동물은 평등하다. 그러나 어떤 동물은 다른 동물보다 더 평등하다"라는 새로운 성격의 모순된 어구 하나로 끝나고 만다.

일곱 계명의 변질과 왜곡은 다른 동물들, 즉 무산자 계급을 억압하는 기제로 작용하게 된다. 중요한 것은 권력의 핵심 세력인 돼지들을 제외하고 다른 무지한 동물들은 정치적 의식이나 지성 따위가 없어 애초의 일곱 계명이 바뀌어도 그 사실을 모른다는 점이다. "어떤 동물도 '시트가 깔린' 침대에서 잠을 자서는 안 된다"와 같이 원래 계명에 두 단어를 첨가하여 돼지들은 계명을 멋대로 왜곡한다. 하지만 다른 동물들은 무언가 이상하다는 것을 느껴도 돼지들의 언변에 휘말려 자신들이 잘못 기억하고 있었다고 생각하며 안심한다.

일곱 계명의 요체는 인간은 적이고 인간의 행위를 닮아서는 안 된다는 것이었다. 결국 일곱 계명의 변질은 돼지들의 타락, 즉 혁명 주체자들이 권력에 취하면서 새로운 독재자의 모습으로 변해가는 과정인 셈이다. 오웰은 전체주의 국가가 언어의 왜곡 및 말살을 통해 국민을 쉽게 통제하고 있다고 보았다. 한 예를 들어보면 버마가 군사정부에 의해 국명이 미얀마로 바뀌었고 수도 이름도 랭군에서 양곤으로 바뀌었다가 지금은 네피도로 천도했다. 이것은 예부터 줄곧 사용해오던 친숙한 명칭들을 없애버림으로써 과거에 대한 기억을 지워, 결국에 가서는 과거에 대한 진실을 없애버리려고 하는 의도가 숨어 있는 것이다.

오웰의 마지막 작품인《1984》를 보면 "과거를 통제하는 자가 미래를 통제한다. 현재를 통제하는 자가 과거를 통제한다"라는 글귀가 있다. 전체주의의 권력 유지에 위험 요소가 될 만한 과거의 기록은 모두 없애버리는 것이다. 과거의 삶이 어떠어떠하다고 기록한 모든 문서 기록이 사라지면 과거와 현재의 삶에 대한 비교 자체가 어렵게 된다.《동물농장》에서도 동물들은 언어의 왜곡으로 인해 과거에 대한 기억을 완전히 상실하고 과거의 진실을 인식하지 못하는 상태에 빠지게 된다.

나폴레온과 스노우볼

나폴레온과 스노우볼은 동물농장을 이끄는 지도자들이다. 이들은 혁명 초기부터 동물농장을 이끄는 과정에서 의견의 불일치를 보인다. 이것은 레닌 사후에 나타난 러시아의 정치적 역사를 보여주는 대목이다. 알다시피 트로츠키는 레닌 사후 당의 노선을 놓고 스탈린과 대립하다가 추방된 인물이다. 《동물농장》 속 두 동물의 차이점을 살펴보면 나폴레온은 말재주는 별로 없지만 자신의 의지를 관철시키는데 뛰어난 돼지로 자신이 원하는 것을 쟁취하려고 하는 고집스러운 면모가 있다. 특히 자신의 계획은 내놓지 않으면서 항상 스노우볼의 계획을 비판하고, 정교한 정치 선전 기구를 만들어 개인 우상숭배를 조장하며, 점차 1인 지배 체제로 나아가 전설적인 존재가 된다.

반면 스노우볼은 혁명 직후부터 다른 동물들에게 동물주의와 혁명적 이상에 입각한 교육을 시키고 각종 위원회를 조직하는 등 동물농장의 경영에 사실상 이론적 토대를 만든 동물이다. 그는 나폴레온보다 더 똑똑하고 창의력이 뛰어나지만 카리스마와 지도력이 좀 떨어진다는 평가를 받고 있다.

그렇다면 오웰은 이 두 인물 중 누구 편을 들고 있는가? 오웰의 의중은 작품 속에 뚜렷이 그려져 있지 않다. 우선 스노우볼은 본질적인 사회적 가치라 할 수 있는 애타주의를 가지고 동물농장을 개혁하자는 주장을 펼친다. 스노우볼은 메이저 영감의 혁명적 이상을 열정적으로 실현하고자 하는 실천가라 볼 수 있다. 반면 나폴레온은 이러한 혁명적 이상에 바탕을 둔 애타적 정신이 결여된 채 오로지 개인적 권력에 대한 욕망만 가득 찬 권력의 화신으로 묘사되고 있다. 영국의 정치 평론가인 아이작 도이처는 "트로츠키가 레닌 사후에 지도자가 되었더라면 혁명은 다른 양상으로 발전되었을 것이다"라고 말하기까지 했다. 물론 역사에서 가정은 없지만 만일 트로츠키가 레닌 사후에 권력의 정점에 서서 11월 혁명의 이상대로 소비에트를 이끌어 갔다면 지구 상에 냉전 이데올로기가 그렇게 오랫동안 존속되었을지 생각해 보는 것도 흥미로운 일이다.

일국사회주의론과 영구혁명론

반란에 성공한 직후 나폴레온과 스노우볼은 비둘기들을 다른 농장에 급파해 반란을 일으켜 사악한 인간들을 영국 땅에서 몰아내고 또 다른 동물농장의 건설을 이룩하자는 메시지를 퍼트린다. 나중에 이 비둘기의 활용법을 두고 나폴레온과 스노우볼의 사상 차이가 드러나는 대목이 있다. 먼저 나폴레온은 무기를 구입해서 동물농장의 자체 방어를 주장했고, 스노우볼은 보다 많은 비둘기를 다른 농장으로 보내 거기에서도 반란을 일으키도록 선동해야 한다고 주장한다. 다시 말해 나폴레온의 주장은 만일 동물들이 스스로를 방어하지 않으면 정복당하게 될 것이라는 것이고, 스노우볼의 주장은 반란

이 모든 곳에서 일어난다면 스스로를 방어할 필요가 없다는
것이다. 이것은 러시아혁명 후 스탈린과 트로츠키 사이에 혁
명에 대한 관점이 아주 달라 정치적 이데올로기의 갈등이 존
재했음을 의인화한 것이다. 나폴레옹의 의견은 스탈린의 '일
국사회주의론'을, 스노우볼의 의견은 '영구혁명론'을 반영한
다. 일국사회주의론은 세계적인 공산주의 혁명이 없어도 한
나라에서 사회주의를 건설할 수 있다는 이론으로, 일단 러시
아에서만이라도 사회주의국가를 건설하자는 주장이다. 트로
츠키의 영구혁명론은 한 나라 안에서만 사회주의 건설은 불
가능하며, 따라서 혁명을 다른 나라에도 확산시켜야 한다는
이론으로 전 세계의 모든 주요국에서 프롤레타리아 결합이
뚜렷하게 진행되도록 혁명을 영속시켜야 한다는 주장이다.

외양간 전투

외양간 전투는 농장에서 쫓겨난 존스가 다른 인간들과 함
께 농장을 탈환하기 위해 벌인 첫 전투다. 외양간 전투는 러
시아에서 11월 혁명 이후 일어난 내란을 상징한다. 혁명정권
은 1918년부터 1922년까지 내정에 간섭하려는 외국과 전쟁
을 치르고 국내 적대 세력의 내란을 진압한 뒤, 1922년 12월
에 소비에트연방을 결성했다. 이 소설에서 존스와 그의 무리
들은 볼셰비키를 몰아내려고 했던 외국 세력들이고, 동물들

은 사회주의 혁명가들을 가리킨다. 그런데 이 전투에서 복서가 자신이 마구간지기를 발로 차서 죽인 줄 알고 슬픔에 잠기자 스노우볼은 복서에게 전쟁은 전쟁일 뿐이고, 좋은 인간이란 죽은 인간뿐이라고 훈계한다. 스노우볼의 이런 주장은 곧바로 트로츠키를 연상시킨다. 트로츠키는 혁명 당시에 로마노프왕조의 어린 후손들까지 죽이는 것을 옹호한 인물이다. 스노우볼의 이런 발언은 트로츠키의 사상과 행위 역시 생명의 소중함과 개인의 자유정신을 부정함으로써 러시아가 독재로 흘러가는 데 책임이 있음을 보여주는 대목이다.

스노우볼의 추방

나폴레온과 스노우볼은 동물농장 설립 직후부터 농장 경영에 관한 모든 일에 티격태격하며 의견이 일치하지 않는다. 이미 언급한 동물농장 방어 문제 뿐 아니라 풍차 건설에서도 서로 이견을 보인다. 풍차 건설을 맨 처음 창안하고 설계도를 작성한 돼지는 스노우볼이다. 그는 풍차가 완성되면 필요한 노동력이 줄어들어 여가 시간을 보다 많이 즐길 수 있다고 말한다. 반면 나폴레온은 당장 시급한 것은 식량 증산이고 풍차 건설에 집중하면 동물들이 겨울에 굶어 죽을 것이라고 주장한다. 결국 예정된 표결에 앞서 투표에서 질 것 같던 나폴레온이 사나운 개들을 이용해 스노우볼을 농장 밖으로 쫓아낸다.

《동물농장》에서 오웰은 스노우볼을 뛰어난 연설가이자 혁명적 이상주의를 실천하고자 했던 트로츠키처럼 묘사하고 있다. 러시아 역사에 비추어 보자면, 스노우볼의 추방은 1917년에 일어난 십일월혁명 이후 스탈린과 계속 대립하다가 소련에서 추방된 트로츠키의 모습이 보인다. 결국 이 사건은 나폴레옹에게 권력이 집중되어 동물농장에서 전제정치가 시작되는 계기가 된다. 스노우볼의 추방은 동물농장의 정치·경제적 문제에 있어 하나의 중요한 전환점을 이루고 있다. 이 사건은 동물농장에서 나폴레옹이 1인 지배 체제를 형성하고 가속화시켜 혁명 정신의 실천을 더욱 멀어지게 하는 원인을 제공했다.

풍차 재건

나폴레옹은 스노우볼의 풍차 건설 아이디어를 반대했지만 동물들을 통제하기 위한 수단으로, 그리고 자신의 권력 강화에 필요조건으로 생각해 모든 동물을 풍차 건설에 동원했다. 결국 풍차는 두 번씩이나 붕괴된 후에야 겨우 완성된다. 풍차 건설에 대한 나폴레옹과 스노우볼의 논쟁은 러시아에서 혁명 후 소련을 개발시키는데 있어 무엇을 우선순위에 두느냐에 대한 논쟁을 풍자한 것이다. 여기서 트로츠키는 농업보다는 제조 산업 발전의 가속화를 주장했고, 스탈린은 농업의 집단화를 우선순위에 두었다.

그러나 오웰은 풍차에 대한 문제를 소련의 경제개발 계획에 대한 단순한 비유에 그치지 않고 억압자와 피억압자 사이에 놓인 복합적인 정치 문제임을 암시하고 있다. 사실 동물농장에서 '풍차 건설'은 실현 불가능한 계획으로, 동물들에게 막연한 유토피아적 사고를 주입하고 있음을 오웰은 강조하고 있다. 동물들은 자신들이 앞으로 겪어야 할 엄청난 노동력 착취도 잊은 채 스노우볼의 언변에 매료되어 유토피아적인 환상에 사로잡힌다. 스노우볼은 불가능한 계획을 동물들에게 주입시킴으로써 현재 상태를 잊고 미래에 대한 막연한 환상만을 심어주었다. 즉 동물들은 풍차가 완성되면 현재의 고달픔이나 어려움을 몽땅 보상받게 되리라는 막연한 기대감에 휩싸여 당장의 노예 상태와 같은 어려운 삶을 인식하지 못하고 있는 것이다. 오웰은 풍차 건설과 같은 육체노동의 집중화를 통해 현재 삶의 어려움을 의식하지 못하도록 하는 것이 전체주의 국가가 지속적으로 주민을 통제하는 한 방법임을 밝히고 있다.

인간과의 거래

동물농장 일곱 계명 중 첫째 계명은 "두 발로 걷는 자는 모두 적이다", 두 번째 계명은 "네 발로 걷거나 날개가 있는 자는 모두 친구이다"로 되어 있다. 이렇게 동물들에게 있어 인간은 타도되어야 할 대상이었고, 타도한 이후에는 또 관계를 맺어서는 절대 안 되는 적이었다. 그런데 어느 날, 나폴레온이 이웃 인간들이 경영하는 농장과 거래를 하겠다고 발표한다. 여기서 인간은 러시아혁명 이전인 제정러시아의 차르이고, 동물들은 차르를 몰아내고 사회주의국가를 건설한 볼셰비키 혁명자들을 뜻한다. 나폴레온이 주도한 인간과의 거래는 나폴레온의 절대 권력이 그들을 억압했던 예전의 인간의 모습으로 점점 회귀되고 있음을 보여주는 첫 번째 사례이다. 다시 말해 혁명의 주체 세력이 오히려 그들이 타도했던 인간의 모습으로 점점 변질되어 가는 것이다. 결국 《동물농장》의 마지막에서 돼지들의 모습은 동물들의 억압자였던 인간의 모습으로 완전히 바뀌게 된다. 그래서 혁명적 이상이 권력과 결부될 때 애초의 목적과는 명백히 다르게 실패하고 오히려 새로운 독재자가 출현해 옛 독재자 못지않을 만큼 전제정치를 행사한다는 것을 보여준다.

동물들의 숙청

나폴레온이 닭들에게 동의도 구하지 않은 채 달걀을 인간들에게 팔자, 암탉들이 반란을 일으켜 며칠을 버티다가 진압

되고 10여 마리의 닭들이 무자비하게 죽는 사건이 일어난다. 이 사건은 러시아 역사에서 1921년 상트페테르부르크 서쪽에 위치한 크론시타트 섬 해군기지에서 일어난 사건을 가리킨다. 1만 5000여 명의 수병과 시민, 농민들이 '볼셰비키 없는 소비에트'라는 슬로건을 내걸고 자유선거 보장과 언론· 출판의 자유 등을 외치며 궐기한 사건이다.

암탉들의 반란 사건 이후 나폴레옹은 반란을 사전에 막기 위해서 동물들에게 거짓 자백을 시키고 처형을 자행한다. 동물들의 거짓 자백과 처형은 1936년부터 1938년 사이에 있었던 20세기 역사상 가장 비극적인 사건 중 하나인 '스탈린 대숙청'과 '국가 재판'에 대한 알레고리이다. 이 사건들은 스탈린이 저지른 정치적 탄압과 박해로, 당내에 있는 정적과 스탈린의 권위를 무너뜨리고자 하려는 사람들을 제거하기 위한 것이었다. 관료, 군인, 민중 등 수백만 명 가량이 정치범 혐의로 기소되거나 총살당하거나 강제 노동으로 끌려갔다.

풍차 전투와 복서

외양간 전투에서 동물들은 인간들을 쉽게 격퇴했지만, 두 번째 전투인 '풍차 전투'에서는 힘들게 재건한 풍차가 파괴되는 등 농장을 방어하는 것이 쉽지 않았다. 이 전투는 1941년에 일어난 독일의 러시아 침공을 나타낸다. 히틀러는 우크라이나 곡창지대와 유전 지대를 확보하기 위해 1939년의 독소 불가침조약을 무참히 깨고 러시아를 공격했다.

풍차 전투에서 눈여겨 봐야할 동물은 복서다. 복서는 풍차 건설을 위해 그 어떤 동물보다 더 열심히 일했다. 복서는 "내가 더 열심히 일하면 돼!"를 좌우명으로 삼고 "나폴레온은 언제나 옳다"라는 신념으로 권력에 절대복종하는 노동자다. 오웰은 《동물농장》에서 말인 복서를 프롤레타리아계급의 전형적인 인물형으로 모든 사회체제에 있는 정직하고 열성적으로 일하는 무지한 노동자로 그리고 있다. 복서는 나폴레온 정권을 전복시킬 수 있을 만큼 엄청난 힘을 가지고 있고, 다른 동물들로부터 존경의 대상이 되기까지 했다. 그럼에도 우둔하고 단순해 과거에 대한 기억을 제대로 인식하지 못할 뿐 아니라 동물농장이 처한 정치적 상황을 인식하지 못한다.

오웰이 꿈꾸었던 것은 노동자들이 힘을 모아 권력자에게 항거해 혁명을 일으키는 것이었지만, 그들은 동물농장의 동물들처럼 정치 현실을 극복할 혁명 정신을 이론적으로 정립하지 못했다. 이렇듯 오웰의 희망은 점점 사라졌고, 노동자계급의 사람들에게 걸었던 혁명 정신은 결국 점점 비관적으로 흐르게 된다. 이런 오웰의 사회주의혁명에 대한 비관적 전망은 《1984》의 프롤Prole을 통해서도 잘 제시되어 있다.

혁명은 필연적으로 실패하는가

　오웰이 《동물농장》에서 보여주는 핵심 메시지는 '혁명적 이상은 권력 욕구와 결탁될 때 부패한다'는 것이다. 메이저 영감의 혁명 정신에 따라 동물들은 반란을 일으켜 인간을 몰아내고 그 이상을 실천하고자 했지만, 결국 돼지들의 권력 욕구로 인해 실패하고 만다. 이를 통해 오웰은 러시아혁명의 실패를 풍자하고 있다. 사회주의라는 기치로 혁명을 일으켰지만, 결국 '사회주의를 배반한 혁명'이라고 강도 높게 비판하고 있는 것이다. 오웰은 러시아의 스탈린식 사회주의는 자신이 바라는 진정한 사회주의가 아니라는 것을 세상에 드러내고자 노력했다.

　그렇다고 오웰이 사회주의 자체를 부정한 것은 절대 아니다. 그는 뼛속까지 민주적사회주의자였다. 오웰은 〈유럽 통합을 위하여〉에서 자신이 구상하는 사회주의를 '유럽사회주의연합'이라 명하고 구현해야 할 민주적사회주의의 특징을 조목조목 밝힌 바 있다. 소설 《위건 부두로 가는 길》에서는 "사회주의야말로 파시즘이 상대해야 할 유일한 적수이다"라고 말하며 사회주의를 옹호했다. 그리고 《사자와 일각수》라는 긴 에세이에서도 제국주의와 결탁해 특권을 누리는 영국의 지배계급은 파시즘에 대항할 강력한 대중적 정서를 불러일으키기 어려운 집단이고, 노동계급만이 전체주의에 끝까지 저항할 수 있는 유일한 계급이라고 말했다. 오웰은 마르크스주의에 입각한 사회주의혁명과 국가 건설을 누구보다 소망했던 인물이었다. 러시아혁명은 독재자 스탈린의 등극으로 당초의 이상과는 다른 전체주의적 상황으로 흘러갔기 때문에 오웰의 사회주의에 대한 시각이 점점 절망적으로 흘러간 것이지, 노동자들을 중심으로 하는 민주적사회주의 건설 자체를 반대한 것은 결코 아니었다.

러시아혁명의 실패 과정을 논하면서 오웰이 모든 혁명이 실패할 본질적 가능성까지도 염두에 두었느냐하는 점은 이 소설에 뚜렷이 제시되어 있지 않다. 다만 혁명적 이상은 권력과 조화를 이루기 어렵고, 결국 권력의 부패와 사회적 타락으로 연결될 수 있음을 지적하고 있는 것으로 보인다. 오웰은 '이상'이 아무리 바람직하더라도 혁명 주체자들의 '권력에 대한 욕망'이 작동하는 한 계급 없는 사회는 불가능하다

는 것을 지적하고 있다. 권력욕이 사라지지 않는 한, 혁명은
또 다른 혁명을 낳고, 언제나 '주체 세력들의 교체'로만 귀결
된다는 것이다.

그렇다면 '이 세상의 모든 혁명은 애초의 이상과는 달리 모
두 실패로 돌아가는가?', '권력의 타락은 혁명 후에 나타나는
불가피한 조건인가?'라는 질문은 결과적으로 '혁명은 할 필요
가 없단 말인가?'라는 질문으로 이어질 수 있다. 물론 오웰이
《동물농장》을 통해 '그렇다'라고 답한 것은 아니다. 비록 혁명
의 실패가 돼지들의 권력 욕구 때문이기도 하지만 다른 동물
들의 무지함과 권력에 대한 냉소적 태도 역시 권력의 부패를
방조한 셈이 된다. 결론적으로 민중들이 권력의 부패를 올바
르게 감시하고 저항한다면, 혁명적 이상을 지켜내지 않을까
하는 것이 절망 속에서 피어나는 오웰의 희망일 것이다.

오웰은 만년으로 갈수록 어떤 정치적 상황을 극단으로 몰
고 가서 정치적 타락이 운명적 조건인 것처럼 비관적으로 그
리는 경향이 있었다. 《동물농장》도 마찬가지다. 독자는 이 작
품이 드러내는 주제가 '혁명의 필연적 실패'라는 쪽으로만 국
한해 읽어서는 안 된다. 그가 던지는 진정한 메시지는 인간
의 미래 사회에 있을지도 모르는 권력의 타락을 막기 위해
우리가 무엇을 어떻게 해야 할 필요가 있는가에 대한 하나의
경고로 이해했으면 좋겠다.